地方のホテルがいやらしすぎて

桜井真琴

双葉文庫

目次

地方のホテルがいやらしすぎて

第一章　ワケアリ人妻を慰めて

1

海沿いのビジネスホテルは、今日も長閑《のどか》だった。

「いわく付き……かあ……」

松木駿平《まつきしゅんぺい》はそのホテルに赴任《ふにん》してから一週間、ずっとそのことが頭から離れなくて、フロント業務に就《つ》きながら口に出してしまった。

「なんすか、いわく付きって」

同僚の岩倉《いわくら》が、怪訝《けげん》そうな目を向けてきた。

聞こえていたのか、と駿平は焦《あせ》りながら、答える。

「いや……元の職場の連中がさ、このT山南急《なんきゅう》ホテルはいわく付きとか言って、幽霊にたたられるとか脅《おど》かしてきたもんだから。すまん。気にしないでくれ」

業務をこなしながら駿平は謝《あやま》った。

「やだなー、滅多なこと言わないでくださいよ、松木さん」

岩倉は神妙《しんみよう》な顔をした。

大学を出たばかりの岩倉は、ホテルの制服もまだ板についておらず、学生ノリで軽いところがある。

そんな軽い岩倉でも、さすがに「いわく付き」と言われてムッとしたらしい。

「いや、ホントごめん。勤務時間中に変なこと言って。あはは。そんなことあるわけないのに……」

「いや、噂《うわさ》はホントにありますよ」

「そうだよね……へ？」

岩倉に真顔で言われて、駿平はぽかんとする。

「は？　ホント？」

「ええ。昔のことですけど、このホテルに宿泊した人妻が浮気した旦那を殺しちゃって。で、ここって裏手に崖《がけ》があるでしょう？　そこから身を投げたらしくて……それ以降、館内で不穏な空気が漂《ただよ》うようになったたって噂があるんすよ」

聞かされていた話より、ずいぶんリアリティーがあった。

「まさか」

頬《ほほ》をひきつらせて尋ねると、岩倉はすぐに表情を和《やわ》らげた。

「まあでも、お客さんから部屋を変えてくれとかって苦情がきたりしてないっすから、きっと大丈夫っすよ」

「そりゃそうだ。苦情がきてたら困るよ」

ため息をつくと、岩倉が笑い飛ばす。

「しかし、東京の人たちはひどいっすねえ。今からそのホテルに赴任するって人に、そんな話を吹き込むなんて」

「まあ、ぎすぎすしてた職場だったからなあ」

「東京は大変すねえ。その点、ここはのんびりしてていいですよ」

話していると内線が鳴って、岩倉は宿泊客に呼ばれてフロントを離れた。

（こんなホテル……いやだったのに、しかもそんな過去まであったとはなあ……）

二十六歳でみっともないと思うが、駿平はお化けの類《たぐ》いが苦手であった。

いい年して、と思うだろうけど、怖いものはいくつになっても怖い。

「松木くん。上条《かみじょう》さん知らない？」

客室係のおばさん、栗原《くりはら》が入れ替わりでやってきた。

「さあ、どこだろ」

「困ったね、上条さん宛に来客なんだけど」

このホテルにはスタッフ同士で連絡を取り合うインカムなどないので、どこにいるか探しまわらなければならない。

「じゃあ、ちょっと探してきますよ」

「悪いねえ。それより、どうしたんね。顔色がよくないけど。お化けでも見たような顔してさ」

栗原が心配そうに駿平の顔を覗《のぞ》き込《こ》んできた。

「え？　い、いやなんでもないです……じゃ、フロントを少しだけお願いします」

そう言って駿平はエレベーターホールに向かう。

(冗談じゃないぞ。夜とか出てきたらどうすんだよ……聞くんじゃなかった)

駿平は大きく息をついてエレベーターに乗り込み、ガラス窓の外を眺めた。

何にもない地方都市である。

海の近くだから眺望《ちょうぼう》は悪くない。

潮風が妙にねっとりまとわりついてくるが、それも都会の汚れた空気に比べれば、十分すがすがしい。

二週間前まで、駿平は渋谷《しぶや》のビジネスホテルで働いていた。それが系列である田舎《いなか》のT山南急ホテルに飛ばされたのには理由があった。

とある宿泊客が、部屋が汚いだの、スタッフの対応が悪いだのとクレームをつけてきて、部屋のグレードアップを要求してきたので断《ことわ》ったのである。

清掃は怠《おこた》っていないし、スタッフの対応も問題ないと思ったから、真摯《しんし》に説明して納得してもらったと思っていた。

ところがだ。

ホテルとしては、客の言うことは絶対だ、という姿勢だったので、駿平の対応が問題視されたのである。

世の中、理不尽《りふじん》なことでも、お客様の要望なら受け入れなければならない。

それができない真正直な駿平は、面倒を増やすヤツとして、適当な田舎のホテルに飛ばされた、というわけである。

(それにしても、ホントにいわく付きとは……)

まさかなあ、と思いつつも笑い飛ばせない臆病者《おくびようもの》である。

不安を抱えつつ、エレベーターを降りて客室の通路を歩いていく。

マネージャーの上条玲子《れいこ》は、チェックアウトが終わった時間、部屋のクリーニングをはじめる前に宿泊客の部屋をまわるのが日課になっていた。

だから館内を歩いていれば見つかるだろうと当たりをつけていたのだが、二階奥の部屋のドアが開いているのに気がついた。

（ここかな？）

中に入っていって、駿平の動きが止まった。

どうやらベッドの下の何かを取ろうとしているらしく、玲子が四《よ》つん這《ば》いで手を伸ばしている。

タイトミニのお尻がくなくなと揺れていた。

（エ、エロいっ）

懸命に取ろうとしているから、玲子はこちらに気づいていないようで、ヒップを高く突き上げたおねだり破廉恥《はれんち》ポーズを披露《ひろう》している。

あまりに扇情《せんじょう》的で、声かけをためらってしまった。

というのも、玲子は田舎のホテルには似つかわしくない、スタイル抜群の美人だからである。

身体のラインのわかるグレーのタイトなジャケット。

美脚を見せつけるようなミニのタイトスカート。

デキる女を誇示《こじ》する隙《すき》のない格好で、いつも館内を闊歩《かっぽ》していた。

年齢は三十五歳だが、見た目が若々しいから三十代半ばとは思えない。

それでいて年相応の大人の色香も振りまいている。はっきり言って駿平のタイプだった。

一目見たときから、かなりいいなと思っていた。

そんな美女のタイトミニが、四つん這いでズリあがっているのだ。

ナチュラルカラーのストッキングに包まれた太ももが、きわどいところまで見えてしまっている。

(スレンダーだと思ったけど、ヒップも太ももムチムチだ……いやらしい身体つきだな……あっ!)

そのときだ。

駿平の息が止まった。

玲子がさらにグッと姿勢を低くしたから、下着がちらりと見えてしまったのだ。

(おおっ……デキる女のパンティは純白……白なんだ。意外だな)

玲子だったら下着は黒とか、逆に地味なベージュあたりかと思っていた。

それが清純な白だ。

純白のパンティが、ナチュラルカラーのストッキング越しに見えて、駿平の目は釘付《くぎづ》けになってしまう。

（エッチな身体なのに……下着は清楚《せいそ》な白か……）

そのギャップに生唾《なまつば》を呑み込み、天を仰いで感慨に耽《ふけ》っていると、

「わたしに何か用かしら」

玲子が立ちあがり、こちらを見たから駿平は慌《あわ》てた。

「ええ。上条さんにお客さんが来ているようで……あの、何をしてるんですか？」

「これよ」

玲子が差し出した手には、小さなボタンがあった。

「……ボタンですか？」

「そう。お客様がね、袖《そで》のボタンが外れたっておっしゃって。どこで外れたかわからないから探さなくていいって言われたんだけど、気になってね」

言われてボタンを見ても、特別なもののようには見えない。

百円ショップで売ってそうなプラスティックのボタンである。

「お客さんの探してたボタンって、ホントにそれ……なんですか？」

訊くと、玲子は切れ長の目を細めて睨《にら》んできた。

「袖を見たから、これで間違いないわ。こんなボタンぐらいでって思ったんでしょう？　たとえどんなものでもお客様にとっては大切なものよ。宿泊者カードのご住所に郵送しておいて」

「あ、はい」

言われて駿平はボタンを受け取った。

（クソ真面目《まじめ》な人だよなあ……美人だけど）

ふんわりさせたミドルレングスの艶髪《つやがみ》に、切れ長で涼《すず》やかな瞳。

目鼻立ちはくっきりして端正《たんせい》、とにかく隙のない正統派の美人である。

独身というのも驚きだ。

でも、この美貌《びぼう》なら何かワケがあって独り身なのかもしれない。

仕事一筋かと思いきや女らしい色香も漂うし、少し短めの制服のスカートなんかも恥ずかしがらずに堂々と穿《は》いているので、ますます男関係が気になってしまう。

だが欠点もある。

性格に難があるのだ。

仕事はテキパキして面倒見もいい。だがちょっと高飛車《たかびしゃ》なところがある。

それに東京から来た駿平が気に入らないのか、なんだか敵視しているようなところもあって近寄りがたい。

「まったく……東京で何を学んできたのかしら。田舎だと思って仕事を舐《な》めないでね。ここでは向こうよりやってもらうことが多いんだから」

玲子が冷たく言う。

「舐めてませんよ、そんな」

「どうだか……とにかく郵便はよろしくね。それくらいならできるでしょう？」

フンと高い鼻をそらして突《つ》っ慳貪《けんどん》に言われると、まあまあ腹が立つ。

とはいうものの、だ。

歩くたびに左右の尻肉がムニュ、ムニュと、いやらしくよじれるヒップは、震いつきたくなるほど肉感的で、このはち切れんばかりの尻を見せられてしまうと、いつしか腹立ちは消えて、うっとり眺めてしまうのだった。

駿平は二十六歳。

彼女いない歴はそろそろ四年になる。

東京でのひとり暮らしは特に寂《さび》しいとは思わなかったが、田舎のアパートでの新生活はかなり侘《わび》しい。

まさかこんな地方でひとり寝するハメになるとは。

ハア、とまたため息が出た。

せめてもの慰めは、勤務先の上司が美人だというくらいだった。

2

「いや、噂よ、噂。誰も言っとらんて」

栗原がけらけらと笑った。

「でも、噂はあるんですよね」

駿平はスタッフルームで「いわく」の真偽を尋ねていた。

昨日は夜勤だったのだが、客室からのコールが鳴るたびにビクビクしてしまい、仮眠もろくにとれなかったのだ。

「あるたって、裏手に崖があるからそんな話を聞いたことがあるってレベルよ。誰も何も見たことないし。岩倉くんが大げさなんよ」

栗原に明るく言われて、ちょっとホッとした。

「あいつはマジで一回教育せにゃなりませんね」

ロビーにある喫茶店のマスター、戸田《とだ》が腕組みしてうんうんと唸《うな》った。角刈りで、ドスの利《き》いた声は迫力があるが、マスターの入れる珈琲《コーヒー》はなかなか美味《うま》い。

「困りますなあ。従業員が噂話を真《ま》に受けるなんて」

経理担当でもある後藤《ごとう》が、眼鏡《めがね》を拭《ふ》きながら言う。

ベテランで一見真面目そうだが、生来「がめつい人や」とスタッフから聞いている。まあがめついと言っても、子供の文房具の領収書をホテルの備品として何千円か着服《ちゃくふく》するくらいのものらしいが。

「あいつ、霊感があるとか吹聴《ふいちょう》してますからねえ」

新人のパティシエである牧野《まきの》が呆《あき》れて言った。

「まあよかったですよ。本当の話じゃなくて。ネットにはそんな評判なかったから。どっちかというと『恋愛運があがった』とかだけだし」

紙コップの珈琲をふうふうしながら駿平が言うと、スタッフたちがこっちを見て怪訝な顔をした。

「恋愛運？」

「なんね、それ」

栗原たちが真顔で訊いてくるので、駿平は昨夜見たインターネットのブログをスマホで見せてやる。

「ええーっと、《ラブホ代わりに泊まったら、カレとの仲がよくなった》なんだこりゃ」

と、戸田。

「《運命の人に出会った。まさに恋愛の運気があがるホテル》へえええ。なんね、だからここビジネスホテルなのに女性客も多いんんね。謎《なぞ》がとけたわ」

栗原がそう言って、またけらけらと笑う。

駿平は呆気《あっけ》にとられた。

「知らなかったんですか？」

問うと、みなが首を横に振っている。

今どきネットでプロモーションしたり、ホテル名で検索をかけて口コミを気にしたりしないのか。しないんだろうな、田舎のビジネスホテルだから。

「そんなに有名なブログじゃないですけどね。でも、このホテルで検索したらいくつか、そんなのが出てきましたよ。このホテルには特別な気が流れてるとかなんとか……」

「そういやあ、変なこと言われてたなあ、昔」

後藤が眼鏡を指で直しながら言い出した。

「なあによ」

栗原が身を乗り出してきた。

「いえね。ずいぶん昔に警察が来てね。ここに泊まった女性を探してるって……その行方不明になった女性、しばらくして見つかったんやけど、自殺してたって」

牧野がやれやれといった感じで、ため息をつく。

「またあ。後藤さんも、すぐ話を盛《も》るからなあ」

「ホントのことですよ。支配人に尋ねてみてください」

「でも、確かに私も夜とか、おかしな雰囲気をたまに感じますねえ。何かがいるってわけじゃないんだけど、なんかこう、急に寒々しくなったり、ふと人の気配を感じたりとか。あるでしょ、みなさん」

マスターの戸田が真顔で言うと、みなが神妙な顔をした。

「またあ、またまた……僕を怖がらせようと思って……」

駿平が、あははと笑っても、他のスタッフは誰も笑わなかった。

3

（なんだよ、結局、このホテルに怪しい話があるんじゃないかよ……）

駿平は落ちこんだ。

「恋愛運がいい」

とか、

「妙《みょう》な幸運がある」

というパワースポット的な噂も、火のない所に煙は立たぬ、ということだ。何かがあったかもしれないなあと疑心暗鬼《ぎしんあんき》のまま、駿平はフロントに立っていた。

外観は至って普通のビジネスホテルである。駿平は残念ながら霊感というものがゼロだった。

だから何かを感じるかと言われても「さあ」としか言えない。

（今日も電気をつけて寝ることになるかなあ……）

と、もやもやしていると、ひとりの女性がいきなりすっと目の前に現れてギョッとした。

「あの……」

女性は消え入りそうな声で、うつむきながら話しかけてくる。

「は、はい。いかがしました、お客様」

「このへんの地図はないかなって」

「ございますよ。少々お待ちください」

フロントにある観光案内のパンフレットをいくつか抜きながら、女性をチラッと見た。

（ん？　ああ、この人は……）

昨晩、チェックインの手続きをしたから覚えている。

倉科香緒里《くらしなかおり》。二十八歳。

女性のひとり客にしてはチェックインがずいぶん遅い時間だなと思っていたのだが、そうでなくともかなりの美人だから記憶にはっきりと残っている。

ストレートの黒髪ロングがまるで絹《きぬ》のようにさらさらで、片方の目にわずかにかかった髪型も、女性らしい楚々《そそ》とした印象を受けた。

二十八歳にしては落ち着いて見える。

左手の薬指に指輪があるから、おそらく人妻だろう。

くっきりしたアーモンドアイに、すっと通った鼻筋に薄い唇《くちびる》。瓜実顔《うりざねがお》の和風美人はどこか儚《はかな》げで、やけに色っぽい。

白いブラウスに膝丈《ひざたけ》のフレアスカートが清純そうな印象を受けるのだが、旅行でウキウキしてるという雰囲気はまるでない。

(なんだろうな、旅行じゃなかったら……まさか不倫? いやいや、詮索《せんさく》したらだめだ)

宿泊客を探ろうとするなんてホテルマンとして御法度《ごはっと》である。

だが……どうにもこの寂しげな雰囲気が「いわく付き」の話と相まって妙に気になる。

パンフレットを手渡すと、彼女はその場でパンフレットを開き、背中を丸めて、じっと見入っている。

あまりにしげしげ見ているので、気になって駿平も覗《のぞ》き込《こ》んだときだ。

(ぬわっ……)

目の前で前屈みになっているから、香緒里のブラウスの襟《えり》ぐりから、おっぱいが見えた。

ベージュのブラジャーに包まれた乳房は、思っていたよりもかなり大きく、深い谷間をつくっている。

（ブラジャーのレース模様まで見えた）

都会では若い女性はみな気を使って、透《す》けないようにブラウスの下にインナーを着用している。

ところがだ。

これほどの美人なのにやけに無防備で、しかも……申し訳ないけど、ブラジャーのデザインも地味な感じだ。

そんな普段使いのブラを人に見られたくはないだろう。

だからこそ、生々しくてエロい。

と、そのとき。

香緒里がハッとした顔になって胸元を手で押さえつけた。駿平は視線をすぐに外すが、見られたと思った。

（やばい。ホテルマンのくせに女性客の胸元に見入ってしまうなんて）

反省しきりの駿平に向かって、香緒里は少し恥ずかしそうにしていたが、覗いていたことを怒るでもなく、

「海って、すぐ近くなんですよね」

と、訊いてきた。

「え、ええ。砂浜にも降りられますよ。今日はちょっと風が強いから、海の方に行くと肌寒いかもしれませんね」

丁寧《ていねい》に言うと、香緒里は、

「そうですか……」

と静かに返事した。

「あの……失礼ですが、東京からいらっしゃったんですよね」

駿平が言うと、香緒里は訝《いぶか》しんだ顔をした。

「ええ……」

「実は私も、一週間前に東京から赴任してきたばかりなんです」

ニッコリ笑って言うと、香緒里はどう対応していいのかという感じで、

「あら、そうなんですか」

とだけ言って、うっすらと笑った。

もちろん、こんなプライベートなことを尋ねるなど、あるまじき行為である。

しかしどうも彼女の雰囲気に、ただならぬものを感じたのだ。

と言っても普通はこんな風に宿泊客に声をかけたりはしない。どうも先ほどの会話の「自殺」が頭をよぎったのだ。

「いいところですよ、ここは。僕も仕事じゃなくて、彼女とふたりで来たかったなあなんて思います」

適当な話をすると、彼女が強張《こわば》った顔をした。

特に「彼女とふたりで」と言ったあたりから、いやな顔をした気がした。

(旦那さんとなんかあったのかな)

さて、どうしようかと考える。

ホテルマンとしてプライベートに立ち入りすぎるかなと思うのだが、どうも彼女の様子が気になるのだ。

「あの……大変失礼ですが、倉科様の……そのご主人は？　お仕事でいらっしゃらないのですかね」

香緒里の表情がとたんに曇《くも》ったものになる。

「夫なんて……」

声が小さくなってうつむいてしまう。

(やっぱ、旦那さんとなんかあったんだなあ)

訊かなければよかったと思ったが、あとの祭りだ。

香緒里はすぐに顔をあげて、怒ったように目を細めてきた。

「こちらのホテルは、プライベートなことも根掘《ねほ》り葉掘《はほ》り訊くんですね」

「いや、その、決してそういう訳では……」

「それとも、ナンパかしら。さっき私の胸元、覗いてたしね」

急に話し方が刺々《とげとげ》しくなってきた。

(やばっ……覗いてたの、バレてたか)

これはマズい。

「も、申し訳ありません。その、つい……見るつもりはなかったのですが」

自分で言ってしまってから、

《しまった》

と、思った。

こんなこと馬鹿正直に認めてどうするのだ。

案《あん》の定《じよう》だ。

彼女は顔を真っ赤にして、

「いい度胸ね。覗いてたのを白状するなんて。もう二度と泊まりになんか来ないから」

と、捨《す》て台詞《ぜりふ》を残して、さっさと外に出て行ってしまう。

(まいったな、怒らせるつもりなんかなかったのに……あんな怪談話をされたから、ついつい気になって……)

彼女の後ろ姿を目で追った。

膝丈のスカートから伸びたすらりとしたふくらはぎは、光沢のあるつやつやしたストッキングに包まれていて、なんとも悩ましい。

一見、ほっそりとしたスレンダータイプなのだが、意外とお尻もボリュームがあって、男好きする身体つきだ。

(たまんないな……って、そんなこと考えてる場合じゃない)

ホテルマンとして……というよりも、ひとりの人間として、あの奥さんのただならぬ雰囲気がどうしても気になってしまう。

駿平は近くにいた岩倉にフロントを代わってもらい、制服姿のまま外に出た。

(やっぱり海に行ったんだろうな)

ホテルの裏手には松林があり、そこを抜けると柵はあるものの崖になっている。もし自殺するつもりならあそこだろう。

朝は晴れていたのに、今はどんよりと鈍色《にびいろ》の空だ。

空気も湿りはじめていて、不謹慎だが、自殺にはもってこいのシチュエーションにも思える。

　自然と駆け足になった。

　松林を抜けると、やはりそこに彼女はいた。

　崖の柵を前にして、ぼうっと海を眺めている。

　今にも柵から身を乗り出しそうな雰囲気に見える。

「お客様！　倉科様！」

　駿平の呼びかけに香緒里が振り向いた。

　その顔がギョッとしているのは、駿平がすごい形相《ぎょうそう》で近づいてきたからだろう。

　駿平はとにかく必死に走った。

　脚がもつれそうになりながら、それでも走った。

　なんとか柵から身を乗り出す前に追いついた。ハアハアと肩で息をする駿平を見て香緒里は、

「あの一体……何なんですか？」

　と、尋ねてきた。

「いや、あの、人生はいろいろあると思います。僕なんか、まだ二十六なのに、

こんな辺鄙《へんぴ》なホテルに飛ばされて、お先真っ暗なんですから」

説得に必死だった。

飾らない言葉で、自分の恥ずかしい部分をすべてさらけ出してでも、どうにかしてあげたいと思った。

だが。

香緒里は驚いて目を見開いていたが、やがてクスクスと笑い出した。

「もしかして、私が自殺するとでも思ったのかしら」

「えっ？　あ、いや……ち、違うんですか？」

「しませんよ。海を見てたの。日本海を見るの、初めてだから」

「は、はあ」

彼女の落ち着きぶりは、今から自殺するような人のものとは思えない。

どうやら派手に勘違いをしたらしい。

「す、すみません……大変失礼なことを……」

頭を下げる。

自殺と決めつけていたのは、確かによろしくない。あの怪談話に引っ張られたとはいえ、失礼にもほどがある、と思った。

だけど、その勘違いを香緒里が笑ってくれたのは救いだった。

「ああ……それでさっきフロントで、私のこと、いろいろ詮索してきたのね」

「ホントに申し訳ありません」

「ウフッ。いいのよ、落ちこんでたのは確かだから」

そんな話をしているときだ。

ぽつっ、ぽつっ、と雨粒が当たってきたと思ったら、いきなり大雨になった。

「わ、降ってきた。急いで戻りましょう」

「ええ」

慌てて松林に向かって駆け出しながら、香緒里を振り返ったときに「あっ」と思った。

雨で濡れた白いブラウスが素肌に張りつき、肩や腹部の肌ばかりでなく、ベージュのブラジャーが透けて見えたのだ。

レースの施されたブラの形も、意外とボリュームのある胸の谷間もすべて見えてしまっていた。

（うわっ、も、もろ見えだ……ブラのデザインまでくっきり見える）

と、スケベ心を出しつつも、慌ててジャケットを脱いで彼女の肩にかけてあげた。

「そんな、申し訳ないわ。どうせすぐですから。ええっ……と、あの」

「松木です。いえ、その、風邪《かぜ》をひくとかじゃなくて、そ、その……倉科様、その……ご自身の胸元が」

「胸？　あっ」

彼女は目線を下にして自分の胸を見ると、カアッと顔を赤らめて、慌てて両手をクロスさせて透けブラを隠した。

「着てください。ロビーには他のお客様もいると思いますので」

「……ありがとう」

ちょっと軽蔑《けいべつ》したような目をしたものの、香緒里は駿平のジャケットの襟《えり》を胸元にかき寄せて前を隠した。

ホテルに着き、彼女は部屋に戻っていった。

駿平は何枚かバスタオルをリネン室から持ち出して、香緒里が宿泊している二〇三号室をノックする。

「はい」

中から声が聞こえてくる。

「バスタオル、何枚かお持ちしました。もしまだお着替えでなかったら」

「……ちょっと待ってて」

少しして、彼女はドアを開ける。

着替えはまだのようで、白いブラウスは透けたままだ。

「バスタオルです。ジャケットは後ほど取りにうかがいますので」

すぐにドアを閉めようとした。

そのときだ。

「……松木さんも頭だけでも拭《ふ》いたら？　びしょびしょよ。さあ、中に入って」

意外なことを言われたが、駿平は首を横に振った。

「滅相《めっそう》もございません。お客様のお部屋に入るなんて」

「お礼だけでも言いたいのよ。どうぞ」

強引に言われて、まあ確かにこの頭だけでも拭いておきたいなと、駿平は中に入った。

部屋は荷物が整頓《せいとん》されていて、きれいに使ってくれている。

香緒里にバスタオルを渡してから、自分もドアの近くで頭を拭いた。

「そんなところで拭かないで、中に入っていらして」

「でも……」

「いいのよ」

思いつめたような哀しげな声だった。

自殺はしなくても、確実にワケアリだなと思った。

無下《むげ》にはしたくなくて、駿平も中に入っていく。

ビジネスホテルのシングルルームだから、部屋のほとんどをベッドが占領していた。

このホテルはシングルルームでもベッドのサイズは大きい。

というよりも、近年のビジネスホテルは安眠を売り文句にしているから、ベッドは大きくていいものを使っている。

「ありがとう。いろいろ心配してくれて」

香緒里が髪を拭きながら、すまなそうに言った。

「いえ。お客様の身を案ずるのは、当然のことですから」

「そんなことないわ。普通は様子が気になっても、そこまで親身にはなってくれないわよ。それがたとえ高級ホテルでも」

「……でも、それが正しいんですよ。結局のところ、今回だってこっちの勘違いで倉科様に不快な思いをさせてしまったのですから」

「不快だなんて……」

そこまで言って、彼女はちょっとイタズラっぽい笑みを見せる。

「私のおっぱいをエッチな目で見てたことは、ちょっとムッとしたけど」

「……ホントに申し訳ありません」

と、笑ってごまかそうとするも、まだブラウスはわずかに透けているから、目のヤリ場に困ってしまう。

「どうも首をつっこみたくなる性分《しょうぶん》でして。それがホテルマンとしては、よくないんですけど」

「そうなの……でも、私にとっては救いだったわよ」

思わぬことを言われて、駿平は髪を拭いていた手を止めた。

香緒里は逡巡《しゅんじゅん》していたが、やがて顔をあげて、ポツリと話しはじめる。

「私ね、旦那に浮気されたの。まだ結婚して三年なのに。それが口惜《くや》しくて、家を出てこのホテルに辿《たど》りついたのよ。別に死のうと思うほど悩んでもいないけど、これからどうしたらいいかって悩んでたのは事実だし……」

彼女はため息をついた。

なるほど、それでどことなく翳《かげ》があったのか。

ようやく合点《がてん》がいった。

「そう……だったんですか。そんなお悩みのときに、勝手にいろいろ詮索してしまい、すみませんでした」

そろそろ戻らないとな、と思ったときだった。

「ねえ、どうせシャワーを浴びるんでしょう？　着替えを持ってきて、ここで浴びたら？」

「は？　い、いえ、そんな……」

「もう少し話したいこともあるし……それにここまでケアしてくれたのは、あなたの信条《しんじょう》なんでしょう？　乗りかかった船だと思って……ね？」

「え？　え？」

妙なことになったと思った。

これだから親身になりすぎるのは御法度なのだ。

ただ美人の奥さんなので、ちょっと複雑な気分になる。

こんな気持ちになるのも、ホテルマンとしてすでに失格なんだろう。

断ることもできたのに、それをしなかったのは単純に香緒里が美人だったからである。

(もう少し話をしたいって言うから仕方なくだ。これは宿泊客へのケアだからな。うん、そうだ、おもてなしだ)

4

自分に言い訳しながら、着替えを持って再び香緒里の部屋を訪問する。

「いらっしゃい」

ドアを開けた瞬間に、駿平の目は香緒里に釘付けになった。

バスタオル一枚で……ということはなかったが、肩も胸の谷間も見えるセクシーな黒のキャミソールに、ホットパンツという格好だった。

「寒いでしょう？　早くシャワーを浴びた方がいいわ」

「あ、は、はい」

香緒里にうながされて、中に入る。

部屋の中にはシャンプーやらボディソープの甘い匂いが充満している。

彼女は髪を後ろでまとめ、タオルで包んでいた。シャワーを浴びたばかりのセクシーな姿がたまらない。

(な、なんか妙に緊張するな……いや、シャワーを借りるだけじゃないか。余計なことは考えるな)

と、思ってみても香緒里の身につけているホットパンツはかなり短く、太ももが付け根近くのきわどいところまで見えている。

スレンダーだと思っていたが、意外と肉づきがいい。

そして、香緒里のキャミソールのバストの揺れが、尋常《じんじょう》ではなかった。

(このおっぱいの揺れ方……ノ、ノーブラだっ)

シャワーを浴びたすぐあとなのだから、ブラジャーを着けていなくてもおかしくはない。

しかし、駿平がもう一度訪ねてくるとわかっているのに、ブラをしていないということは……。

いかん。

考えるなと思っても、どうしても考えてしまう。

「じゃあ、すみません。お借りします」

悶々《もんもん》とする。

こんなときは、さっさとシャワーを浴びて部屋から失礼するのが一番だ。

浴室に入ると、湯気と甘い匂いに包まれた。

シャンプーやらボディソープだけではない、香緒里自身の匂いも混じっている。

久しぶりに嗅《か》いだ女の体臭だ。

ずいぶんと長い間、女を抱いていないから、その匂いだけで駿平は恥ずかしながら勃起してしまった。

ワイシャツを脱ぎ、ズボンとパンツを下ろすと、すでにペニスは硬くなり、臍《へそ》につくほど勃起していた。

(ああ、やばいな……こんなに漲《みなぎ》ってしまって……)

あの人妻が美人すぎるのがいけないのだ。

収まりがつかないままに、服を洗面所の横に置き、シャワーブースのガラス戸を開ける。

ちなみにこのホテルには、浴槽《よくそう》がなくてシャワーブースのみのシングルルームがいくつかあるが、香緒里の部屋もこのタイプだった。

まだ水滴のついたブースの中に入ると、使ったばかりでまだ温かい。

(さっきまで、香緒里さんが使ってたんだよな、素っ裸で)

そんな妄想《もうそう》で股間をビクビクさせながら、シャワーの栓《せん》をひねると温かな湯が降り注いでくる。

その細やかな湯を頭から浴びているときだ。

背後で人の気配がしたような気がした。

振り向くと、白い裸体が目に飛びこんできたのだ。

香緒里である。香緒里が、ブースの外で恥ずかしそうに胸と股間を隠しながら立っているではないか。

「なっ！　えっ、お、お客様っ……」

驚きすぎて、そのあとが続かなかった。

すぐにシャワーを止め、こちらも股間を手で隠しながら香緒里を見た。

「何も言わないでください。私でよかったら、その……ラクにしてあげたいなって」

「ラクにって……い、いや……でも……」

断らなければならない。

ホテルマンと宿泊客。しかも勤務中だ。

だが断れなかった。

香緒里の身体が、想像以上にエロかったからだ。

細身だが、ただ細いだけではなくムッチリと肉感的な腰まわりに、人妻のいやらしさを感じた。

乳房は張りがあって大きく前に突き出ていて、トップを手で隠しているものの、指と指の隙間から乳輪が見えている。

その小豆色《あずきいろ》の乳輪と白い乳肌のコントラストもエロいのだが、その下のくびれからふくよかに盛りあがる下半身の充実度も悩ましい。

（すごい身体じゃないかよ……）

呆気にとられていると、香緒里がブースのドアを開けて中に入ってきた。

ぴたりと寄り添われると、どうにかなってしまいそうだ。

（ち、近くで見ても、キレイだな）

さっき頭に巻いていたタオルはもう無く、ストレートのロングヘアが肩甲骨《けんこうこつ》まで伸びていて艶めいている。

形のよいアーモンドアイが、うるうると潤《うる》んでいて、二十八歳女盛りの人妻の色香をムンムンと発散している。

「ウフフ……松木さんのオチンチンがこんなになって……私の裸で大きくなったの？」

「いや、その……も、申し訳ありません」

謝るのもどうかと思ったが、つい口をついて出た。

それにしても清純そうな女性に男性器名をはっきり口にされると、それだけで緊張とドキドキが高まってしまう。何よりもそのグラマスな身体つきに興奮して頭がおかしくなりそうだ。

香緒里が上目遣《うわめづか》いに見あげてくる。

その可愛らしさに、心臓がバクバクと音を立てた。

何も言えなくて呆然としていると、香緒里の手が勃起を握りしめてくる。

「うっ……」

ほっそりした指が、まるで肉竿の硬さや太さを確かめるかのように、いやらしい動きでさすってくるのだ。

腰がひりついた。

「ウフッ。これがお礼になるならいいけど……でも、最初からあなたは私の身体を盗み見ていたわよね。胸元とか、太ももとか」

すべてバレていた。後ろめたさを感じる。

「も、申し訳ありません。い、言い訳ですけど、お客様があまりにキレイなので」

そう口にすると、ちょっと怒ったように根元をギュッと握られた。

顔をしかめると香緒里がニコッと笑う。

「……誰にでも言ってるのかしら」

「そ、そんなことはありません。ホントです。今だって、信じられないんです。こんな美人と裸で一緒にいるなんて……それなのにご主人は浮気するなんて、どうかしてるんじゃないかって思います」

「ありがとう。うれしいわ。旦那が浮気を始めてから、もう一年くらい夫婦生活がないの。だからそんな風に言われて少し自信がついた気がする」

そう言うと、彼女は肉竿を握ったまま、すっと身体を寄せて抱きついてきた。

（お、おおう……たまらんっ）

噎《む》せ返《かえ》るようなムンムンとする甘い体臭と、柔らかな女体の感触。

そして仄《ほの》かな息づかい——。

あふれんばかりの色香と成熟しきった身体、そしてその温《ぬく》もり。

胸のあたりに悩ましいふくらみが押しつぶされているのを感じる。乳首の感触まで伝わってきて、彼女の手の中で勃起がビクビクと脈動《みゃくどう》してしまう。

「お、お客様っ……」

緊張しながら呼ぶと、耳元で色っぽい息づかいが聞こえた。

「名前で呼んで。香緒里よ」

「か、香緒里さん」

見れば彼女は顔を駿平の肩に押し当てて、震えていた。

(香緒里さんも、緊張してるじゃないか……)

どうやら大胆なことをしているわりに、男を誘惑することに慣れているわけでもないようだ。

チュッと肩や首筋に唇を当てられるも、その唇も震えている。

(可愛いな、でも、いいのかな……?)

もしかしたら自暴自棄になっているんじゃないのか。

「ホントに、い、いいんですか?」

彼女は視線を外した後、口元に手を添えて小さく頷《うなず》いた。

「私ね、結婚してからは……当たり前だけど、夫以外の男の人とそういうことをしたことがないの。でもいいのよ。心配してくれたあなたと、そういう風になりたいの」

彼女は照れながら、爪先立《つまさきだ》ちで駿平の耳元に口を寄せてくる。

「……あなたのオチンチン、気持ちよくしてあげたいの。もちろん浮気の当てつけもあるけど、それだけじゃない。あなたのここが欲しい……私のこと、寝取って……」

「ね、寝取り……！」

過激なことを言われて、身体がカアッと熱くなる。

狭いシャワーブースの中で、一糸《いっし》まとわぬ姿の美しい人妻にこんなことを言われて、冷静でいられる男などいない。

人妻は静かにうつむきながら、肉竿の根元から先端に向けてゆったりと指を這わせてきた。

「うぐっ」

全身に電気が流れたみたいに、身体が強張《こわば》る。

「ウフフッ、すごく硬いわ。あなた、いくつ？」

「え？　あ、二十六です」

正直に言うと、

「年下なのね。こんなにガチガチになっちゃって……、可愛い。あなたもそんなに慣れているわけじゃないみたいね」

「も、もちろんです。しかもこんな美しい人となんて……」

「ウフフ。正直でよろしい」

彼女はちょっとおどけるように、舌を出した。

ちょっと翳のある寂しそうな雰囲気も色っぽくてよかったが、こうしてイタズラっぽい可愛い仕草もよく似合う。

(よかった。ちょっと元気になってきたみたいだ……うっ)

勃起を握る手に力が込められた。

「痛かった？」

香緒里が、心配そうに訊いてくる。

「い、いえ……すごく気持ちよくて……」

そこまで言って、香緒里と視線がからみ合う。

人妻の色っぽい美貌が目の前にあって、全身が沸騰《ふっとう》するほど興奮する。

困ったような切なげな表情をしながら、香緒里は長い睫毛《まつげ》を閉じていく。

経験が多くなくてもわかる。

キスを受け入れる仕草だった。

（人妻とキス……いいのか？）

迷いつつも、目を閉じて唇を突き出している香緒里の美貌には、理性で抗《あらが》うことなど到底できない。

思いきって唇を重ねると、あとはもう気持ちを抑えきれなくなった。

（た、たまらん）

しっかりと愛らしい裸体を抱きしめつつ、夢中で唇を押しつける。

ボディソープの甘い匂いに包まれた魅惑のボディが、とろけるように柔らかかった。夢見心地で背中から豊かな尻を撫でまわしていると、香緒里も昂《たか》ぶってきたのか舌をからめてきた。

（ああ、ベロチュー……こんなエッチなキス……）

ぬるぬるした人妻の舌が、駿平の口中をまさぐってきた。歯茎や頬の内側まで舐められると、ゾクゾクと痺《しび》れが襲ってくる。

「んふっ……んううんっ……んんっ……」

香緒里が甘ったるい鼻息を漏《も》らしつつ、ねちゃ、ねちゃ、と音を立てて、ディープキスに興じていた。

駿平も舌で人妻の熱い口中をまさぐりつつ、さらに舌を激しくからめていく。キスをしていると、相手を我がものにしたいという欲情が昂ぶっていく。

屹立《きつりつ》はビクビクして、香緒里の下腹部をこすっていた。

「んふっ……チューしただけで、オチンチンがこんなになっちゃうのね」

人妻はキスをほどくと、クスクス笑いながらさらに強く根元をシゴいてくる。

「す、すごく……気持ちいいです……」

「もうガマンできないって感じね。待っててね」

そう言うと彼女は駿平の足元にしゃがみ込み、その美貌を股間に寄せてきた。

肉竿に熱い吐息がかかる。

そして次の瞬間、

「えっ？　くっ！」

ゾクゾクッとした痺れが全身を貫《つらぬ》き、駿平は思わず身体をのけぞらせた。

あったかくて柔らかい人妻の舌が、いきなり敏感な亀頭部を這いずったのだ。

（こんな清楚な女性が、躊躇《ちゅうちょ》なく男のモノを舐めてくれるなんて……）

信じられないと、目を白黒させて見つめていると、

「ウフフ……」

見あげてきながら、長い舌を伸ばして根元から亀頭冠《きとうかん》までを、ツーッ、ツーッと舐めあげてきた。

可愛い双眸《そうぼう》が細められて、「どう？　気持ちいい？」とばかりに、悩ましげに視線をからめてくる。

「まだ、洗っていないのに……僕のなんて……」

快感に震えながら言うと、

「汚くなんかないわ。いいのよ。あなたのオチンチンを舐めてあげたくなったんだから……気持ちよくなってくれたら、それだけでうれしいの……」

上目遣いでペニスを舐める人妻がいやらしすぎる。

清純そうでも、やはり人妻なのだ。

いつも旦那にしていることをされていると思うと、なんだか奪ったかのような優越感が湧いてくる。

（これが寝取るって感じか……いや、でもそれを奥さんが望んでいるんだもんな）

言い訳かもしれないが、これで彼女が元気になってくれるんならと、人妻との行為に没頭しようと決めた。

彼女はニコッとして恥ずかしそうに口元を手で隠しつつ、いよいよ勃起を頬張ってきた。

「うっ……！」

麗《うるわ》しい人妻の口の中にイチモツが嵌《は》まった。

「おお……」

とろけてしまいそうだった。

もたらされる快感と温もりで、腰にも背にも力が入らず、思わずしゃがみそうになってしまう。

「ああ……た、たまりませんっ」

震えながら言うと、頬張ったまま彼女が視線をからめてきて、勃起を口からちゅるっと吐き出し、また舌で包むように舐めてきた。

「んふっ、んふぅんっ……どう、気持ちいい？」

「ええ……これほどまでに気持ちいいなんて。お客様……」

「香緒里よ」

「あっ、香緒里さんにしてもらえるなんて」

「ウフッ、いいのね。もっとオチンチンを舐めて欲しい？」

「もちろんですっ、よ、よかったら……はうう……」

言い終わる前に、香緒里は再び０字に口を開いて咥《くわ》え込《こ》んできた。

柔らかい唇が勃起の表皮を甘くこすりつつ、締めつけてくる。

さらには咥えながら、口の中でチロチロと舌が鈴口《すずぐち》をくすぐってきた。

あまりに気持ちよすぎてシャワーブースのガラスにもたれて、爪先の震えをどうにかこらえる。

（くうう、フェラチオって、こんなに気持ちいいものだったのか……）

今まで付き合った女性はいやいややっているように見えたし、ちょっと舐めてすぐやめるぐらいのおざなりなフェラだった。

だが、香緒里のフェラチオはまったく違う。

慣れているという感じはしないが、それでも情熱的に舐めてくれている。

しゃぶるだけではない。

今度は先端を舌先でちろちろと刺激したり、ふぐりや会陰《えいん》の部分まで舐めたりしてくれる。

（この奥さんは奉仕するのが好きなんだな……）

垂れ落ちる艶髪を指でかきあげて耳にかけながら、アーモンドの形をした目を向けてきた。

何をするかと思って見ていると、姿勢を低くして今度は裏筋に舌を這わせてきた。

「くううう……! き、気持ちよすぎます……」

もたらされる快楽に、うっとり目を閉じたくなる。

だが、こんな美人が自分のチンポを舐めてくれる刺激的なシーンをしっかり脳裏に焼きつけたくて、じっと見つめる。

「ウフフ……やだっ、そんなに私がオチンチンを舐めてるところ、見たいの?」

頬を薔薇色《ばらいろ》に染めた人妻が、はにかんだ。

「見たいですよ、もちろん。香緒里さんのいやらしいところも全部」

ちらちらと揺れるおっぱいや、漆黒《しっこく》の繁《しげ》みに目を向けると、

「やだもう……」

と、香緒里は恥ずかしさを隠すように、根元まで咥えて激しく顔を前後に打ち振ってきた。

「ウフッ……ううんっ……ううんっ……」

んちゅ、んちゅ……ぬちゃ、ねちゃっ……。

悩ましい鼻息と唾液フェラの音が、シャワーブースに反響する。

見れば彼女は目を細めておしゃぶりに没頭しつつ、踵《かかと》の上に乗せた大きなヒップをじりじりと動かしていた。

（香緒里さんも興奮してるんだ……）

前後に顔を打ち振ることで、巨大なバストもぶるんぶるんと揺れている。

なんだか一方的にされるのも申し訳なくなってきて、駿平は立ったまま前に屈《かが》んで手を伸ばし、しゃがんでいる人妻のおっぱいを直《じか》につかんだ。

「んっ……！」

香緒里がビクッとして、顔を振るのをやめて、ちらりと見あげてくる。

「な、なんか申し訳なくて……いやだったら……」

そう言うと、香緒里は咥えながら顔を横に振る。

許しを得たので、フェラチオされながら乳房を揉《も》みしだいた。

たわわなふくらみはあまりに大きくて、片手でつかみきれないほどだ。

（おおう……や、柔らかくて……デカいっ）

これほどの巨大なおっぱいを拝んだことがなく、興奮しながら乳肌に指をめり込ませていく。

「んっ……んっ……」

香緒里は咥えたまま震えて、また見あげてくる。

切なそうに眉をハの字にして、今にも泣き出しそうな表情だった。おっぱいを揉まれるのが気持ちいいのだ。

その感じた顔が色っぽくてたまらなく、もっと感じさせたいと乳首を指でくにくにといじり立てる。

すると、すぐに乳頭部が硬くなり、むくむくと尖《とが》りを見せてくる。

「んうん……んんっ……あっ……あっ……」

もう感じすぎてペニスを咥えられなくなったようで、香緒里は肉竿を口から離し、目をつむって乳首をいじられる快感に身を任せはじめた。

勃起の根元を持ったまま、ハアハアと息づかいを荒くしている人妻がなんとも色っぽかった。

たまらずもっと乳首を指で可愛がる。

すると、ついにしゃがんだままの姿勢で、香緒里の腰やヒップが、もどかしそうにくねくねと動き出した。

欲しいんだなと感動して、乳首をくりくりしつつ、つまんだり指の腹で押しつぶしたりしていると、

「あっ……あっ……あんっ……だめっ……」

急に人妻の声が色っぽいものに変わる。

様子が変わってきた。かなり差し迫っているようだった。

勃起の根元を握ったまま、うるうるした瞳をぶつけてきて、

「やだっ……松木さんのエッチ……だめっ……もうっ。欲しくなっちゃったじゃないの……」

香緒里は甘えるような声で訴えると、目を細めた。目の下が赤く染まり欲情しきっているその表情に、駿平は息を呑んだ。

5

「じゃあ、今度は僕にさせてください」

駿平が言うと、香緒里は恥ずかしそうにしながら立ちあがった。

(うう、やっぱりすごい身体だ)

改めて見ると、人妻のバストのふくらみは、まるで巨大なメロンが華奢《きやしや》な女体にふたつくっついているみたいだ。

下乳に丸みがあって、小豆色の乳首が硬く張りつめている。

腰のくびれからふくよかなヒップへ続く稜線《りようせん》に人妻らしさを感じてしまう。

匂いもいい。

ボディソープの匂いに加え、香緒里の体臭がふわっと甘く薫《かお》る。

若い女には出せない、艶めかしい雰囲気だ。

やはり人妻というのはエロい。

清純そうな和風美人でありながら、この身体はエロすぎる。

たまらなくなって香緒里をブースのガラスに押しつけ、指を乳肉に食い込ませるように揉みしだく。

「あっ……！」

香緒里がわずかに顔をあげ、恥じらうように口元に手をやった。

ひかえめなその仕草が、なんとも色っぽかった。もっと感じさせたいと、乳肉のしなりを感じるくらいに、ぐいぐいと揉んだ。

香緒里の乳房はただ柔らかいばかりでなくて、弾力があって指を押し返してくるのだ。見ていると小豆色の乳首がさらに硬く尖ってきた。

駿平は身体を丸めて、乳房にむしゃぶりついた。

「あンっ……！」

香緒里はガラスを背にして、大きくのけぞった。

駿平は目だけを上に向けて香緒里の反応をうかがいつつ、大きめの乳輪に舌を這わせて乳首をチューッと吸いあげた。

すると、

「ぁあああん……」

彼女が気持ちよさそうな声をあげ、指を嚙《か》みながら顎《あご》をせりあげる。

（いいぞ。感じやすいんだな……）

うれしくなって、もっと舌を動かした。唾液を塗り込めるように左右に舌を往復させて乳首をなぞってやると、

「あっ……ああんっ……そんなっ……」

と、戸惑うような愛らしい声が口をついて漏れはじめる。

「乳首がかなり硬くなっていますす。気持ちいいんですね」

わざと音を立てて、チュウチュウ吸いながら人妻をいやらしく煽《あお》れば、

「あんっ……言わないでっ……」

と、顔を横に振りつつも、恥ずかしいことを言われて余計に感じているのか、とろんとした目を向けてくる。

今まで濡れきっていた瞳だ。

だが今は焦点を失って、ぽうっとしたような陶酔《とうすい》した表情だ。

それでいて眉間《みけん》に悩ましげな縦ジワを刻み、ハアハアと息を弾ませているのだから、その表情を見ているだけで勃起がさらに硬くなる。

(清純そうな顔してても……やっぱり人妻なんだな)

普段は清楚だが、ベッドに入ると乱れるタイプみたいだ。

旦那に仕込まれたのか、それとも別の誰かか。

いずれにせよ、男に可愛がられた人妻を寝取るというのは、男としては異常に興奮する。

駿平は昂ぶりつつ、さらにおっぱいを揉みしだき、乳頭部をねろねろと舌で舐めしゃぶって、乳首に旦那以外の男の唾液を染み込ませていく。

「あううんっ……ああんっ、気持ちいい……あっ……あっ……」

人妻の口から、いよいよきれぎれの喘《あえ》ぎ声が漏れてきた。

乳頭部は円柱のようにせり出し、それとわかるくらいにカチカチになっている。

（この奥さんっ……エロいっ！）

もっともっと感じさせたいと、駿平は乳頭部を舐めまわし、反対の乳首を指でキュッとつまんだ。

「はああんっ……ああんっ……だめぇ、も、もう……」

香緒里はガマンできないと切羽《せっぱ》つまった声を漏らし、じれったそうに腰をくなりくなりと揺らしはじめた。

こんな反応をされたら、もう止められない。

柔らかな肉体を抱きしめつつ、裸体と裸体をこすり合わせて、乳房だけでなく首筋や腋《わき》の下にも唾液まみれの舌を這わせていく。

柔らかくすべすべした女体をねちっこく舐めまわし、勃起を彼女の腰や太ももにぐいぐいとこすりつけてやる。

すると、彼女は目を細めた。

「ああんっ……エッチね……ホントにエッチだわ、松木さん……そんなに焦《じ》らすなんて……私から言わせたいんでしょう？」

さすがは人妻だ。意図がすぐにわかったようだった。

「何をですか？」

乳首をつまむだけでなく、くにくにと指でこね続けながら訊くと、

「ううんっ……やあんっ……んっ……ふうんっ、ゆ、許してっ。ねえ、ほ、欲しいわ……あなたのオチンチンが欲しい……」

恥ずかしそうに顔をそむけながら、香緒里がついに告白した。清楚な人妻に淫語を喋《しゃべ》らせた興奮は大きい。

「いいですよ、その前に……」

駿平は彼女の股間に手を這わせた。

指が繊毛《せんもう》の奥のワレ目に触れたときだった。

「あっ！」

香緒里がビクッと顔をあげ、それからうつむいて震えた。

そんなわかりやすい恥じらいの様子を見せたのは、自分の陰唇《いんしん》がひどく濡れているのを駿平に知られたからであろう。

（なっ！　もうこんなになって……）

スリットに指を這わす。

人妻のアソコは、まるでサラダ油を塗りたくったようにぬるぬるしていて、熱い蜜《みつ》が指先にまとわりついてくる。

「ああん……」

香緒里が恥ずかしそうに顔をそむけ、また口元を隠すように手をやった。

「すごいことになってますよ……」

意地悪く顔を見ながら煽り、指でしつこく亀裂を上下にこする。

くちゅ、くちゅ、と水音が聞こえてきて、

「いやっ」

と、香緒里はイヤイヤするような愛らしい仕草を見せてくる。

「いやなんて。もっと触って欲しいんでしょ？」

指で膣口《ちつこう》をまさぐり、そのままぬるりと押し込んでいく。

「あぅっ！」

すると香緒里は今にも泣き出しそうな表情を見せてきた。

同時に熱い膣内が、待ちかねたように指の根元を締めつける。

（す、すごいな……）

今まで、膣内で締められたことなどなかったから驚いた。

ここに指ではなく、ペニスを挿入したら……どんなに気持ちいいことか。

昂ぶりつつ、指を、ねちゃ、ねちゃ、と音が立つほど激しく出し入れする。

「あっ……あっ……」

人妻はガラスに背を預けながら、腰をガクガクさせている。

腕で支えていなければ、そのましゃがみこんでしまいそうだ。大きな瞳はもう濡れきってしまっている。

「だめっ……もう立ってられない……お願い、指じゃなくて……早くオチンチンを入れて、これを私の中に……」

ハアハア言いながら、香緒里が手を差し出してきて、駿平の屹立を握りしめてこすってくる。

恥ずかしいおねだりをして、彼女はもう耳まで真っ赤だ。

そして清楚な美貌はとろけ、豊満な女体は汗ばみ、いやらしく獣じみた発情の匂いを発している。

シャワーブースの中はもうセックスの生々しい匂いと、男女の汗と体臭が混ざって淫靡《いんび》なムードが高まっている。

やりたくてたまらない。

ここからベッドまで数歩の距離なのに、もたなかった。

「う、後ろを向いてください」

香緒里が目を見開いた。

《ここでするの？》

そんな感じで戸惑いつつも、その瞳は期待に満ちている。

香緒里が逡巡していたのは一瞬だけで、すぐにくるりと背を向けて、シャワーブースのガラスに両手を突いて、ぷりんとしたヒップを後ろに突き出してきた。

（おおおっ！）

素晴らしい光景に、駿平は唾を呑み込んだ。

視界からハミ出さんばかりのヒップの丸みが素晴らしかった。桃割れはぐっしょりと濡れて生々しい芳香《ほうこう》を発している。

（よ、よし……）

香緒里の背後に立ち、肉竿に手を添えたときだった。

（待てよ、ゴムは？）

ここはビジネスホテルだから、当然コンドームは置いていない。同意したとはいえ、人妻にナマ挿入などしていいものだろうか？

困っていると、肩越しに香緒里が見つめてきた。

「いいのよ。そのままオチンチンちょうだい……いけないことだけど、私をあなたのものにして欲しいの、今だけ……」

さすが人妻。

察してくれたようだった。

ならば、と思いきって、ゴムなしのいきり勃ちをつかみながら、尻割れの奥にこすりつけつつ、グッと力を入れる。

切っ先が柔らかな入り口を広げていく感触があり、女の中に沈み込んでいく。

ぬぷぷと入った瞬間だった。

「ああんッ！」

香緒里が両手を突いたまま背中をのけぞらせた。

窮屈な入り口を先端が突破すれば、あとはぬるっと滑《すべ》るように入っていき、押し出されるように中の蜜が垂れてくる。

「くううっ……あったかいっ、香緒里さんの中、す、すごっ」

こちらも思わず声を漏らしていた。

熱くてとろけるような粘膜が亀頭を甘く締めつけてくる。気持ちよすぎて唸ることしかできない。

（ああ、おまんこってこんな感触だった。すごくいい……）

生き物のような無数の襞《ひだ》が、勃起にからみついてくる。

あったかくて、ぬるぬるしてて……想像以上の愉悦《ゆえつ》にもっと味わいたいと、いきなりぬかるみをズブズブと穿《うが》って奥まで挿入してしまう。

「ああんっ、お、おっきっ……あんっ……そんな奥までなんてっ」

香緒里が悲鳴のような声をあげて、ガラスに突いた手を震わせている。

（うわっ、だ、だめだ……出ちゃいそう……）

動かしたくてたまらないのに、動かすと暴発してしまいそうだった。

もっと味わいたいとガマンしながら、人妻を背後から抱きしめて、たわわなおっぱいを後ろから鷲づかみにした。

ガラス越しに洗面所の鏡を見れば、量感あふれる乳房が駿平の手の中で、くにゃ、くにゃ、と形を変えている。

「あんっ……あっ……だめっ……」

香緒里も自分の姿を鏡で見てしまったのだろう。

顔をそらして、いやいやするように首を振る。

「エッチですよ、香緒里さん……乳首もこんなに大きくなって。くびれた腰が物欲しそうに動いて……鏡を見てください」

「やん……意地悪、言わないで……」

香緒里が恥じらうと、またキュッと膣が搾《しぼ》られる。

（くぅ。香緒里さんって煽られると興奮するんだ。マゾっぽい性格なんだな）

好都合だった。

駿平はSっぽいから、いじめがいがある。

「ほら、おっぱいが、こんな風に……」

美乳を下からすくいあげるように、たぷっ、たぷっ、と弄《もてあそ》んでから突起を指腹で押さえて、くにっ、と転がした。

「ぁああん……ダメッ、あっ、あっ……」

鏡越しに自分を見る目が、ぽうっとしている。

バックから犯されているような格好の自分を見て、香緒里は瞳に妖《あや》しげな光を宿していく。

「あ……ああ……ぁあ……」

しばらくすると、香緒里が喘ぐ声音が変わって、感じいった生々しいものになってきた。

(恥ずかしいことをされると、燃えるんだな)

駿平も鏡に映る香緒里の顔を見ながら、乳頭を指で捏《こ》ね、さらには引っ張ったり、くりくりといじってやったりする。

と、それが気持ちいいのか、香緒里は、

「あっ……あああ……っ……恥ずかしいっ」

と、言いながら後ろ向きのヒップをじれったそうに押しつけてくる。

汗ばんだ頬に髪が張りついていて、いっそう艶めかしさが増していく。

素肌から甘い女の匂いが立ち、そこに愛液の生魚のような、いやらしいセックスの匂いが混ざっていく。

たまらなかった。

暴発しようが何しようが、腰を動かしたくて仕方がない。

「あん……いいのよ、私のこと好きにして。メチャクチャにして」

「え、ああ……香緒里さんっ」

挿入したまま腰をつかみ、ぐぐっ、と肉竿を根元まで突き入れる。

「あっ、ひっ、くぅ……ううんっ……ああんっ」

奥まで貫くと、麗しい人妻は悩ましい泣き顔を見せて、激しく身をよじる。

（おお、た、たまらない……人妻のおっきなヒップが……）

重量感たっぷりの逆ハート型の巨大なヒップが、くな、くな、と揺れてこちらの腰に押しつけられる。

こちらももう一気にいくしかない。

制御なんて無理だった。

猛烈にバックから尻奥に腰をぶつけていく。

「はあんっ、あんっ……だめっ、き、気持ちいいっ……ああんっ、恥ずかしいわ、お尻が揺れちゃうのっ……恥ずかしいっ……ああんっ……」

その言葉どおりに、両手を前に出してヒップを突き出している香緒里が、もっと欲しいとばかりにヒップをくねくねと揺らしてきた。

猛烈に興奮した。

奥まで届かせると、ざらついた天井にこつこつ当たり、そのこすれがやけに気持ちいい。最高だった。

「やんっ、そんな奥まで初めてっ……あんっ、すごいっ……ああんっ……」

旦那では届かない場所を突いているのだろうか。

だとすれば、自分と香緒里は旦那よりも深いところでつながっている。そんな風に思えばさらに昂ぶり、ストロークがますます激しくなっていく。

「あ、あふふぅぅん、あん、あんっ、だめっ、ああんっ、すごいっ！」

香緒里がのけぞった。

あられもない声を漏らし、激しく身をよじりまくっている。

もう感じきって手だけでは支えられないらしく、ブースのガラスに身体をくっつけて、ハアハアとひっきりなしに声をあげている。

鏡を見れば、豊満なバストがガラスにギュッと押しつぶされて、ふたつの目玉焼きのようになっていた。

「香緒里さんっ、鏡を見て」

「えっ……いやんっ……エッチ……ああんっ……私のおっぱいが……おっぱいがひしゃげてる……」

ひしゃげたバストを恥じらっているのだろう。

こんな風に惨めに犯されて、だけど膣はキュンキュンと締めつけてくる。やはりマゾだ。いじめがいのある人妻だ。

　腰を打ち込むたび、ぶわん、ぶわんと尻肉が弾けるように押し返してくるのが、なんとも気持ちいい。若い女には出せない味だ。デカいケツというのは、バックからだとこれほど気持ちいいんだと感動する。

「やだっ、ああん……とろけちゃう……あんっ、久しぶりだから、だめっ……イッちゃいそう……」

「き、気持ちいいんですね。いいんですね。続けますよ」

　香緒里はこくこくと頷いた。

　だめと言うのは、そこが弱くて、もっと欲しいということだろう。

（女の人をイカしたことなんてないけど……香緒里さんは久しぶりだし、イケるかも……）

　こちらももちろん限界を感じていた。

　背後からギュッと抱きしめつつ、スパートする。バスッ、バスッと尻に腰をぶつけていくと、

「ああんっ、松木くんっ、いい、いいわっ……ああ！」

　香緒里の声が一段と大きくなる。膣の圧迫が強くなる。

「う……くうう……」

たちまち射精しそうになってきた。

(抜いて出すか……うまくできるかな……)

イカせたかった。だけど、このままじゃ……。

するると香緒里がハアハアと息を荒らげながら、こちらを横目で眺めてきた。

「あんっ、オチンチンが私の中でビクビクしてる……ねえ、ねえっ。出したいんでしょう？　私の中に……いいのよ。心配しないで、いつでも出していいのよ」

「えっ……？」

驚いた顔を見せると、彼女はつらそうに顔を歪《ゆが》めながらもニコッとした。

「いいの……あなたのが欲しいの……大丈夫。できにくい体質なの、私。ホントよ……」

こちらを安心させるための方便《ほうべん》かもしれない。

だけど、本気で中に欲しがっているのも伝わってきていた。

(こんな美しい人妻を僕のものにできるなんてっ……)

イケナイ欲望がみなぎってきた。

止まらなかった。

細腰を両手でつかみ、駿平は奥に向かってがむしゃらに突いた。

「あっ！　ああっ、ああっ……そんな……だめっ……ああんッ！」

香緒里がグーンと背中をのけぞらせる。

同時に膣肉がペニスを締めつけつつ、包みこんでくる。

「くうう」

肩越しに見える美貌に、本能的にむしゃぶりついた。

激しいキスで舌をからめながら、バックから人妻を犯して突き入れる。いつでも出していいと言われて、歯どめなんて効くわけがない。

奥まで貫いたときだった。

キスをほどいた人妻が、背中を大きくのけぞらせた。

「あんっ、あんっ、あんっ……すごいっ……気持ちいい……ああんっ、イ、イキそう……イッていい？　あふんっ、イッ、イッちゃう、ああ……だめっ」

「イッ……イッてくださいっ……見たいんですっ、奥さんの、香緒里さんのイキ顔……」

「いやん、そんな、見せたくない。ああっ、ああっ……あなたもきて、ねえ、出して……きて、きて、お願い……ダメッ、イクッ、イクッ……ああんっ！」

香緒里はガラスに身を委《ゆだ》ねながら、腰をガクンガクンと震わせた。

膣粘膜が痙攣《けいれん》し、ギュッとペニスの根元を搾り立ててくる。その搾り方は今までの比ではなかった。

甘い陶酔感が一気にかけのぼってくる。

だめだ。もうガマンできない。

「ああっ、そんなにしたらっ……出るっ、出ちゃいますっ！」

高らかに咆吼《ほうこう》したときだ。

猛烈な爆発を感じた。

腰が自然と突きあがった。プシュ、プシュと熱い男汁が人妻の奥に注がれていく。

「あンッ……すごい。いっぱい出てる……熱いッ」

香緒里がぶるぶると震えている。

（人妻の中に注いでるっ）

中出しは初めてだが、これほどまでに気持ちいいのかと思った。

意識が混濁《こんだく》し、あまりの気持ちよさに目がちかちかした。

脳みそまでとろけそうな快楽の中、熱い子種を人妻の膣内に放出していく。

（ぜ、全部、出た……）

やがて放出し終えると、ぐったりして香緒里の髪に顔を埋《うず》めた。

甘い匂いを嗅ぎながら、ハアハアと肩で息をする。この美しい人妻を抱いて、
しかも中出ししたのだという確かな感覚が駿平の中に宿る。

「ンフ……ありがとう。わたし、久しぶりなのよ、イケたの……すごく気持ちよかった」

香緒里が肩越しに唇を重ねてきた。

駿平もキスをしたあとに、唇を離してはにかんだ。

「こちらこそ……幸せな時間でした。でも……」

ちょっと不安を覗かせると、

「大丈夫よ。これで離婚なんてならないから……夫に連絡してみるわ。これであいこよって正直に話してみるつもりよ」

「そうですか」

ホッとした気持ちだった。

彼女はまるで憑《つ》き物《もの》が落ちたみたいに、慈愛の笑みを浮かべている。

「気持ちが楽になったわ。あなたに抱かれてよかった。あなたが崖まで様子を見にきてくれたから……うれしかったわ」

「その……正直言うと……ちょっと前に女性のいわく付き……お客さんに言うのもあれなんですけど、このホテル、何か出るかもって従業員の中で噂になって。それで心配になったのもあって……」

またもや、言わなくていいことを正直に言ってしまった。

宿泊客に「お化けが出る」は、禁句中の禁句である。

だめだなあと思うが、彼女は怖がることも怒ることもなく、きょとんとした目を向けてくる。

「そうなの？　私、このホテルをネットで調べたときに、全く逆のことを書いてる人がいたわよ。喧嘩《けんか》してたカップルが仲直りしたとか、恋愛の運気があがるホテルって書いてる女性のブログがあって……」

「えっ、それって……」

驚いた。

あのブログを見て宿泊してくる人もいるんだ。

やはり口コミというのは、バカにできない。

「だから、離婚もしたくなかったし、恋愛運があがるこのホテルに泊まったら、夫婦仲を修復できるかなって、ちょっと思ったのよ」

「な、なるほど」

そういう使い方もあるのかと駿平は感心した。

「ねえ、一緒にシャワー浴びない？　あなたもお仕事に戻るんでしょう？」

香緒里に言われて、駿平は慌てた。

そうだ、今は勤務中だったのだ。

「そ、そうでした……うっ」

またキスされて、駿平は目を丸くした。

「ウフ。ホントにありがとう……いいホテルね、ここ」

ありえないことをしてしまったが、それでもお客さんが幸せになってくれるならいいことしたんじゃないかなあ。

都合よく考えつつも、また唇を重ね、最後の抱擁《ほうよう》を楽しんでしまうのだった。

第二章　若手OLの隠れた性癖

1

（恋愛の運気があがるホテルねえ……）

駿平はフロント業務に就きながら、先日のことを考えていた。

いけないとは思いつつも、あれほど美しい人妻を抱いたのだ。思い出すたびにニタニタしてしまう奇跡の体験だったのだが、それにしても本当にただのラッキーだったのだろうか。

香緒里は、

「恋愛の運気があがるホテルって書いてる女性のブログがあって……」

と言っていた。

どうやら、このホテルにはいまだよくわからない「いわく」めいたものがあるらしい。

そのへんがどうもひっかかる。

とはいえだ。

久しぶりに女性の温もりを堪能《たんのう》して、田舎のホテルに飛ばされて落ちこんでいたのに少し元気になったのは間違いない。

「なあにニヤニヤしてるの？」

いきなりホテルマネージャーの上条玲子が現れて、駿平はギョッとした。

「な、なんでもありません」

慌てると、玲子が高い鼻をツンと上向かせて、切れ長の涼やかな瞳で睨みつけてくる。

「フロントはホテルの顔でしょう。しっかりやってちょうだい」

ぴしゃりと厳しいことを言われ、駿平は心の中で「ひえっ」と震え上がった。

顔立ちが整っているから、注意されるだけでかなり怖い。

玲子は冷たい眼差しを駿平に向け、

「東京ではどうだったか知らないけど、ここでは節度を持って仕事をして欲しいのよね」

ツンとすましながら、軽蔑するような態度をとってくる。

（すごい美人なんだけど、この性格がなあ……）

どうも東京から来た自分を気に入らないらしく、相変わらず突《つ》っ慳貪《けんどん》な態度である。

（でもなあ……美人だし、スタイルも……）

タイトな制服の胸元を盛りあげる、たわわなふくらみに視線をやりながら、そんな風に思う。

（しかしデカいな……香緒里さんより大きいよな）

玲子の胸元は目を見張るような大きさである。

タイトなブラウスではボタンが弾け飛びそうになるほどの巨乳で、さらにはヒップもムッチリとしていて、ウエストにくびれもある。

ひかえめなミニ丈《たけ》のスカートから覗く太ももはいやらしいほどムチムチしていて、全身から三十五歳の熟《う》れた色香が漂ってくるのだ。

（きっと男がいるんだろうなあ……こんな美人だもんな。それにしても玲子さんって、ベッドではどんな感じなんだろう）

ムチムチした裸体を見せつけながら、上から目線で「下手くそね」と罵詈《ばり》雑言《ぞうごん》を浴びせてくるタイプか……。

それとも意外と甘えん坊だったりして。

(プライドの塊《かたまり》のような玲子さんが媚《こ》びてくるなんて……まさかな)

と見ていると突然、彼女が段差でつまずき、バランスを崩して派手に転倒した。

(へ？　な、なんだ？)

慌てて駆け寄った。

ミニスカなのに、大股開きになっている。

先日も、ドアを開けっぱなしにして四つん這いでベッドの下に手を突っ込んでいたせいで、パンティが丸見えだったのだ。

隙のなさそうないい女なのに、意外とドジで無防備なところもある。そのギャップにもちょっと親近感が湧《わ》く。

「あの、大丈夫ですか？」

声をかけると、彼女は恥ずかしそうに見あげてきた。

「ヒールが挟《はさ》まったのよ」

「え？」

見れば、タイルの窪《くぼ》みにちょうどピンヒールの先がすっぽりと入っていた。

「上条さんって器用ですねえ。なかなかないですよ、こんなの」

「うるさいわね。早く手伝ってよ」

彼女は顔を真っ赤にして、頬をふくらませている。

(可愛いところもあるんだな)

駿平はしゃがんで、彼女のヒール部分を引っ張ってみた。

しかし簡単には取れそうもない。

「よくこんなにうまく嵌まりましたね。一度、ヒールを脱いで……」

顔をあげた瞬間だった。

玲子は体育座りのまま脚を開いていたから、スカートの奥のストッキングに包まれた白いパンティが丸見えになった。

「なっ！」

(パ、パンモロっ。完全に見えた、白だ)

思わず目をそらすも遅かった。

すぐに玲子は脚を閉じたが、スカートの中を見たことは完全にバレてしまった。

「……いいから早く外して」

玲子は赤くなって睨みながらも冷静な声で言う。

「は、はい」

力ずくでなんとか外したものの、玲子は無言だった。

ビンタでもされるかなと思っていたが、彼女は目の下を赤く染めて、

「……見えた？」

と、恥ずかしそうに訊いてきたから、駿平の息は止まった。

「い、いえ……いえ何も……」

慌てて否定すると、玲子は目を細めて、

「ウソおっしゃい。どうせ、こんな若くもない女のスカートの中なんか見たくもなかったんでしょうけど」

「み、見てないですっ、本当に。それに玲子さんは魅力的じゃないですか」

思わず言ってしまった。

あまりに自虐的なことを言うので、ついつい普段から思っていることを口にしてしまったのだ。

（やばっ、こんな軽口。怒られるかな……）

だが玲子はさらに顔を赤くして、恥ずかしそうに目をそらして反論した。

「どこがよ……私なんて……だから東京の人なんてキライよ。その場凌《しの》ぎにすぐそういうことを軽々しく口にするんだから……」

彼女はそう言って睨みつけてから踵《きびす》を返し、カツカツとヒールを鳴らして去っていく。

（な、なんだろ、あの反応……）

駿平は考えた。何か東京の人間に深い恨《うら》みでもあるんだろうか。

（でも、面白い反応だったなあ）

魅力的な女性だと伝えた後の玲子の照れた表情が、かなり可愛かった。

おそらくだ。

自分は玲子に恋をしている。

恥ずかしいが、事実なのだからしょうがない。一目惚《ひとめぼ》れなんてあるんだなあと思いつつも、彼女の一挙手一投足《いっきょしゅいっとうそく》がどうにも気になるのだから、別に怒られても全然苦にならない。

もっと彼女のことが知りたかった。

（……それにしても彼女は、短いスカートを穿いてる自覚があるのだろうか。職場でこんな立て続けにパンチラするなんて聞いたことがないよ）

デキる女のくせに、そういうちょっと天然なところもいい。

フロントに戻ると岩倉がニヤついていた。

「うまいことやりましたね、何色でした？　玲子さんのパンティ」

声をひそめてイヒヒと笑う。

「うまくやりましたねって……あのなあ。不可抗力《ふかこうりょく》だよ。向こうが足開いてたんだから」

「でも、よく怒られませんでしたね。昔、若い従業員が玲子さんを口説《くど》こうとして、ビンタされたらしいっすよ」

岩倉が平然と言った。

よかった、引《ひ》っ叩《ぱた》かれなくて、とホッとする。

そういえば、と駿平は岩倉に訊いてみた。

「なあ、玲子さんって独身なんだよな」

「そう聞きましたよ。バツイチでもないみたいですし」

「なんで？」

岩倉は首をかしげた。

「なんでって、俺に訊かれても……でもあれじゃないすか。キレイすぎて男が近寄ってこないとかじゃないですかね」

一理《いちり》ある。

ちょっと気後れするくらいの美人だから、自分ごときが、という気持ちに男がなってしまうのだ。

(イケメンじゃないと太刀打《たちう》ちできないんだろうな)

そう思うと、一目惚れだの何だのと思って高揚《こうよう》していた気分が沈んでいく。

「松木さんじゃ無理でしょ……玲子さんは」

岩倉がニヤニヤと笑っている。

ドキッとした。どうやら岩倉にはピンときたらしい。

「あほか。わかってるよ」

香緒里という美人妻としっぽりうまくいっても、それで自分が女性にモテるようになったと勘違いするほどお目出度《めでた》くはない。

だが……玲子のさっきの上目遣いは色っぽかった。

顔を赤らめながらすぐに目をそらしたときの表情は、たまらなく可愛らしかった。

なんだか普段とは別の顔を見たようにも思えるのだが……まあ気のせいだろ

う。

2

その夜のことだった。

駿平がフロントにいると、濃紺《のうこん》のスーツに白いブラウス、ナチュラルカラーのストッキングにヒールの低いパンプスと、就職活動の大学生のような女の子が千鳥足《ちどりあし》でホテルに帰ってきた。

(ずいぶん酔ってるな)

お帰りなさいと挨拶《あいさつ》すると、彼女は、

「あ、ただいまですっ……大丈夫ですよぉ、そんなに飲んでないですから」

と、こちらが何も訊いてないのに否定しながら、ふらふらと歩いてエレベーターに向かっていく。

(大丈夫かな。誰だっけ?)

パソコンで宿泊者名簿を確認すると、二〇二号室にチェックインした佐田結菜《さたゆな》という名前の女性が出てきて、あ、この子だ、とすぐに思いあたった。

上司らしい人とふたり別々の部屋を予約していたのだが、出張は初めてらしくかなり緊張しており、チェックインに十分くらいかかったのだ。

その様子が微笑《ほほえ》ましいこともあったが、それよりもかなり可愛らしい容姿だったので覚えていた。

小柄で黒目がちな大きな丸い目が印象的だった。

肩までの清潔なストレートの黒髪が、やたらと清純さを匂い立たせてきて、眩《まぶ》しいくらいに初々《ういうい》しいＯＬだった。

派手ではないが、ひかえめな鼻筋も薄い唇も形がよく、おとなしそうなその様子を見ていると、つい守ってあげたくなるようなタイプの女の子である。

それでいてプロポーションもよく、小柄で華奢な感じなのにスーツのジャケットや白いブラウスの胸元は小高く盛りあがっていて、意外なほどの量感は目を見張るほどであった。

（やばいな、またお客さんをそんな目で見て……）

反省しながら、夜間の呼び出しはないかとパソコンや電話に気を配りながら事務作業をしていたときだった。

結菜が今にも泣きそうな顔で戻ってきたから驚いた。

「ど、どうされました？」

「へ、部屋の鍵が、ないんです」

「鍵ですか。あの……大変失礼ですが、服のポケットとか鞄《かばん》の中とか、お探しになられましたか」

かなり酔っているようなので、落ち着いて探せば出てくるだろうと思っていた。

だが、

「ありません、全然……」

と、彼女は大きな息をつく。

アルコールの匂いが周囲に漂った。

「ど、どうしましょう」

結菜が潤んだ瞳で見あげてくる。その表情に、駿平はドキッとした。

(ホントに可愛いな……この子……)

ホテルマンとしてではなく、ひとりの男として「なんとかしてあげたい」という気持ちになってくる。

「あ、お客様。確かお連れ様が……」

「帰りました」

「え？」

そこまで言って、彼女は涙ぐみはじめ、

「ひどいと思いません？　私まだ入社二年目の二十三歳なんですよ。出張も接待も今回が初めてなのに、接待の最中に東京の本社から上司に連絡が入って、急に戻れって。それで上司だけ帰京しちゃって……私ひとり、必死で接待したんですから」

堰《せき》を切るように話し出した彼女は、急に心細くなったのか「えっ、えっ」と嗚《お》咽《えつ》を漏らしはじめて、両手で目を拭《ぬぐ》う。

（まいったな、泣《な》き上戸《じょうご》か……）

やれやれと思う反面、なんだか愛《いと》おしさも感じる。

可愛いのに加えて、ドジでしかも健気《けなげ》で真面目だから庇護《ひご》欲《よく》をかきたてられてしまうのだ。

（これから社会の荒波の中で、この子はやっていけるんだろうか……）

他人事《ひとごと》ながら心配しつつ、駿平はカードキーの再発行の手続きをはじめる。

「佐田様、よろしければカードキーの再発行の手続きをいたしますが」

駿平の言葉に結菜は、

「は？」

と、泣き腫らした目を向けてきた。

「紛失したので、再発行の手続きを……ただ、手数料として四千円ほどいただきますが、よろしいでしょうか？」

彼女の泣き顔がにわかに明るくなった。

「そ、そんなことができるんですか？　四千円で？」

深夜の通販番組のタレントが、あまりの安さに驚くような、そんな派手なリアクションである。

「できますよ。磁気データを一旦削除して新しい磁気データのカードをつくれば交換できますから」

「わあ、すごい！　ぜひお願いしますっ！」

彼女は手を叩いて飛びあがりそうな勢いだ。

(元々こんな風に天然なのか、それとも酔っているからなのか。明るい子だな)

いずれにせよ、喜怒哀楽の表現が豊かで面白い子だ。

駿平が新しいカードを手渡すと、彼女は何度も頭を下げてきた。

「もし古いカードが見つかっても、使わないでくださいね。チェックアウトのときに古いカードも一緒にご返却ください」

「わかりました！　すみません、ホントに……」

赤ら顔の彼女は何度も頭を下げてから、ふらふらとエレベーターに向かって歩いていく。

ところがだ。

エレベーターの近くにいくと、そのままへなへなとしゃがみこんでしまった。

慌てて駆け寄り、

「大丈夫ですか？」

と尋ねると、

「だ、大丈夫……」

と答えるものの、どうにも足元がおぼつかない。

（だいぶ酒に弱いようだな。困ったな……）

女性スタッフと一緒なら、ふたりで身体を支えて部屋までお連れすることができる。

フロントに戻って、女性従業員がいないか、スタッフルームに連絡してみるも、つながらない。

(困ったな……)

このままエレベーター前に放置するわけにもいかない。

思いきって訊いてみた。

「あの……お部屋までお送りしましょうか？」

しゃがんで尋ねてみる。

ジャケットのボタンが開いていて、白いブラウスの胸に、ブラがうっすらと透けて見えている。

タイトスカートがまくれて、ムチムチした太ももが、きわどいところまで見えている。ほどよく張りのある、若い女性特有の健康的な色っぽさだ。

(くうう、いい身体してるな……こりゃ、触れないな)

と思っていたら、彼女は赤ら顔をこちらに向けてきて、

「お願いします」

と、簡単に手を差し出してきたので、駿平は驚いた。

(無防備だなあ……いいのか……でもしょうがないか)

普通なら酔っ払いの客に触るぐらいで緊張したりしない。

だが相手が可愛らしくて初々しいＯＬなので、やはり男としてはちょっとドキ

ドキしてしまう。

「じゃ、じゃあ、とにかく立ちましょうね」

結菜は「うーん」と唸りながら、駿平の手をつかんで、なんとか立ちあがろうとする。

肩を貸して支えようとしたときだ。

いきなり結菜にギュッと抱きつかれて、駿平は固まった。

白ブラウス越しにむにゅっとした胸の柔らかさを感じたのだ。あまりのラッキーなハプニングに大いに戸惑った。

（おっぱいはけっこう大きいんだな……）

バストの量感はすごいが、それ以外はやはりほっそりしていて腰なんか折れてしまいそうだ。

清楚で童顔なのに巨乳という、グラビアアイドルみたいな体型なので、一気にスケベ心が湧き出てきてしまう。

それを見透かされないように気をつけながら、彼女を引き剝《ひ》がそうとした。

「ご、ごめんなさい……でも、もうちょっとこのまま……」

しかし結菜は離れるどころか、駿平の肩に頭を寄せ、まるで恋人同士のようにしがみついてきたので身体が熱くなった。

(や、柔らかいな……)

細身でも、やはり大人の女の身体つきだった。

丸みを帯びていて、ふにょっとしていて気持ちがいい。

それに加えてだ。

お酒の甘い匂いに混じって、濃厚な女の匂いが鼻先をくすぐってくるのだ。若い女の子特有の甘酸っぱい匂いにくらくらする。

駿平は慌てて彼女に見えぬように勃起の位置をズボンの上から直して、ふくらみが目立たなくなるようにした。取りあえずの応急処置である。

「そんなに飲んだつもりはなかったんです。緊張してたからかな……」

耳元でささやかれる。

アルコールを含んだ温かく甘い呼気《こき》が駿平を包み込んだ。

(お酒の匂い、すごいな。これ、自分が思ってる以上に飲んでるだろ)

若い子は緊張すると、セーブのしどころがわからなくなるから危ないのだ。

「緊張してたんでしょうね。さ、ゆっくり歩きますよ」

駿平は結菜から離れた。

　すると彼女はふらふらしながらも、なんとかひとりで歩いてエレベーターに向かっていく。

　でも心配だ。フロントに誰かいないかと確認すると、若いフロントの人間がいたので彼に任せて結菜についていくことにする。

　彼女はエレベーターに乗って、なんとか自室のドアの前までいくと、名刺入れからカードキーを取り出し……。

「あれ？　佐田様……そのカードキー」

　なくしたんじゃなかったか？

　彼女もびっくりした様子だ。

「え？　あれ？　あっ、そうだ。カードキーは名刺入れに入れたんだった。すみません、ありました」

　恥ずかしそうにしながら、先ほど渡した再発行のカードキーを駿平の手に戻してくる。

「よかったですね。でも、もう書き換えが済んでしまいましたので、新しいカードキーを使ってください。古いのは使わないで。それと何かあったら、フロントに電話してくださいね」

優しく言うと、彼女はまるで先輩に言われたみたいに、

「はい！」

と元気よく返事をして、

「いろいろお世話になりました。すみません、親身になっていろいろ教えてくれて……私、ひとりで心細くて……ええっと」

彼女が身を乗り出してきて、駿平の胸の名札を読もうとしている。

「松木です。松木の名前を出していただければ、スタッフの誰にでも通じるようにしておきますので」

この客は酔っていて要注意だと、みんなと共有しておこう。

結菜はまた頭を下げて、それから胸のところで小さく手を振りながら部屋の中に入っていくのだった。

3

（明るくて可愛い子だったな。ああいう子がカノジョだったら楽しいだろうなあ）

フロントに戻ってから、駿平は結菜のことを考えていた。

いやいや、あんなに性格も素直で育ちもよさそうな可愛い子を、男たちが放っておくわけがない。

黒目がちの瞳をぱっちりさせて、はしゃいでいる彼女を見たら、会社の男たちはみんな声をかけそうだ。

（はあ……ホテルのお客さんじゃなかったらなあ……）

ため息をついていると内線が鳴った。

ディスプレイを見ると、結菜の部屋番号である二〇二号室からであった。

電話してきたということは、ちゃんと意識はあるんだなと、少しホッとしながら内線の受話器を取った。

「はい。フロントです」

「……すみません、先ほど部屋まで送っていただいた佐田です。夜分にごめんなさい。実はへあこんの使い方がわからなくて」

「へあこん？」

呂律《ろれつ》がまわっていないから、そう聞こえたのだが、おそらくエアコンのことだろうと思い当たった。

「エアコンですかね」

「そう。エアコン。なんだか暑くて……」

妙だった。

二十三度に設定してあるから、暑くはないはずだ。

(何か変な操作でもしたのかな……)

取りあえず、駿平はまた結菜の部屋に行くことにした。

エレベーターを二階で降り、二〇二号室の前に行って小さくドアをノックすると、少し時間をおいてからドアが開いた。

「すみらせん、ホントにもう……私っ、全然らめで……」

自室に戻って安心したのか、先ほどよりもかなり酔いが回っているようだ。その赤ら顔もやたら色っぽかったが、問題は結菜の格好だった。

(お、おいおい……)

結菜はブラカップのついたキャミソールと超ミニのホットパンツというかなりきわどい格好で出てきたのだ。

(なっ……む、胸の谷間が……太ももが……)

ほとんど下着姿みたいなものだった。

清純そうな雰囲気で華奢だと思っていたが、こうして見る二十三歳の肢体《したい》は十分にセクシーで思わず唾を呑み込んでしまう。

肩紐《かたひも》だけのサテン地のキャミは胸元が大きく開いていて、おっぱいの谷間が見えている。

玲子や香緒里と比べたら、そこまで大きくはないが、それでも十分に女らしいふくらみだ。

さらには穿いている部屋着のホットパンツはかなり小さめで、太ももの隙間からパンティが見えてしまいそうなほどである。

「こんら深夜に呼んで……ごめんらさい。でも、なんかもう暑くて」

彼女は目のまわりをねっとりと赤く染め、とろんとした顔で見あげてきた。

典型的な酔っ払いである。

「エアコンが壊れてるんですかねぇ」

さすがに中には入れないかなと、誰かを呼ぼうとしたときだ。

「お願いします、ちょっと見て」

と、結菜は駿平の腕を取り、強引に部屋に引き入れてしまった。

「いや、あの……」

まずいと思うが、中に入ってみて「あれ?」と思った。

別に暑くもなくて適温なのだ。

おかしいなと部屋の奥に進んでみる。

女の子の香りがむんむんと漂っていて、気持ちが高揚する。

出張用のキャリーケースが床の上に開いており、お菓子やらドライヤーやら化粧品などが机の上に無造作に広げてあった。持ち物がみな可愛いデザインなのが微笑ましい。

（それにしても、いい匂いがするな……）

甘くて濃い女の匂いにクラクラしながらも、机の上にあったリモコンの表示窓を見てみると二十三度だった。

少し汗ばむ陽気の初夏なら、別に問題のある温度設定ではないし、体感温度もだいたいそのくらいだ。

「あの……それほど暑くはないようなんですが」

そう言うと、結菜は「え？」と意外そうな顔をする。

「そうですかぁ？　あっ！」

彼女はクスクスと笑った。

するとと彼女のキャミソールの胸元が、その笑っている身体の揺れに合わせ、ぷるんぷるんと甘美な揺れを見せてきた。

（これ、ノーブラだよな……）

見てはいけないと思うのに、どうしてもノーブラの胸元に目がいってしまう。

「わかりました！　きっと私が暑いと思ってるだけですよね」

恐らくそうだろうと思うことを、結菜が口にした。

「失礼ですが、おそらくそうではないかと」

「そっかそっか。私が暑いだけなんだあぁ……あー、ごめんらさい。ああん、もうらめらなあ、私……」

結菜はそのままベッドにダイブして、仰向《あおむ》けに寝そべった。

（わっ！　見えた、乳首……）

あまりに勢いがよかったので、キャミソールのブラカップ部分からはみ出て、透き通るような薄ピンクの乳頭部が見えてしまっている。

「あの……私、初めての出張らったんです」

彼女は寝たままで、いきなり真面目な話をしはじめた。

仕方なしに駿平も立ったまま耳を傾ける。

「で、昨日の夜からすごい緊張してたんですよぉ。そしたら、いきなり上司は帰っちゃって私ひとりで接待することになって……で、上司は明日戻ってきてくれるのかと思ったら、トラブルの処理に時間がかかるって、もう……ホントにひどいと思いません？」

「はあ、まあ」

「明日の商談、私が一人で乗りきれるか、もう心配で心配で」

「ええっ？」

思わず訊き返してしまった。

結菜がこっちを見た。

「……すみません、大きな声を出して。失礼しました。いや、まさか出張が初めての若手社員にひとりで商談させるなんて」

そんなにこの子は実力があるのか？

そうは見えないけど……だったら、それほど大きな商談でもないのか、それとももうほぼほぼ段取りがついていたりするのか……？

いずれにせよ、そりゃあ不安になるよなあ、と駿平は同情した。

「れしょう？　信じられないっ、もう……上司が言うには、もうプレゼン資料はつくってあるし、先方に電話してあるから、最後の契約のサインだけもらえばいいって言うんですけど、今から緊張しちゃって……どうしようって……眠れなくて……」

「それはそうでしょうねえ」

いくら段取りがついているとはいえ、だ。

初めての出張、入社二年目の二十三歳。それでひとりで商談をまとめろというのはかなり酷な気がする。

「あの……」

寝そべっていた結菜が、上体を起こして言った。

「はい？」

「だから、一緒に寝てもらえませんか？」

「……はい？」

突拍子《とっぴょうし》もないことを言われて、変な声が出た。

「いや、あのお客様……すみません、そういったことはできないんです」

「わかってます！　違うんです！　その……エッチな意味じゃなくて、添《そ》い寝《ね》ってやつです。私が寝るまで横にいてくれるだけで」

思わず彼女の胸を見てしまった。

いやいやと心の中で、邪《よこしま》な気持ちをかき消した。

「添い寝でも、無理ですよ。どうしてもというなら女性の従業員を」

「松木さんがいいんです。ずっと心配してくれたし、すぐに駆けつけてくれたじゃないれすかあ」

そりゃあなたが可愛いからですよ、とは、口が裂けても言えない。

「それは、その……ホテルマンでしたら当然のことで……」

「一緒に寝てくれなかったら、私、一睡もできずに明日の商談に行って、そんでもし致命的なミスしたら、このホテルのこと一生恨みますから」

じろりと怖い顔で睨んできた。

怒っても可愛いというのは珍しいなと思った。

「そんなことを言われましても……」

「横にいてくれるだけでいいんですっ。私、酔っ払ってるから、人がいて安心できたら、すぐに寝られるって思うんですっ」

まあ確かにこれだけ酔ってたら、すぐに寝てくれそうだ。

断ったところで、何度も呼び出されたらかなわない。仕方なしに駿平は頷いた。

4

（まいったな……まったく……）

駿平はジャケットだけを脱いで、ベッドの端の方で仰向けになっている。

結菜は隣にいて、こちらに背を向けているものの、先ほどからもぞもぞしているから、まだ起きているらしい。

（何をやってるんだ、僕は……）

相手は自分よりも三歳も若い、初々しい二十三歳だ。

まだ大人になりきれていない感じもするが、身体つきは十分に大人だ。

いつ間違いが起きてもおかしくない危うさがある。

（は、早く寝てくれ……）

普通ならガマンできなかっただろう。

だが、ホテルマンとしての矜持《きょうじ》と理性が駿平を踏みとどまらせていた。

（くうう、手を伸ばせば抱けるのに……もう、こんなの拷問《ごうもん》だよ……。手を出したらマジで終わる。耐えろ、耐えろ、耐えるんだ）

心の中で念仏のように唱えながら、彼女の背中に視線を送ったそのときだった。

彼女がいきなりくるっとこちらに振り向いたものだから、心臓が口から飛び出しそうになった。

ち、近いっ。

顔が接近しすぎて、少し唇を突き出したらキスしてしまいそうな距離だ。

「松木さん、眠ってないんですね」

彼女は口を尖らせて言った。

「寝ませんよ、まだ仕事中ですから。そんなことより、僕のことはいいですから早く寝てください」

「寝られないんです。私、普段抱き枕を使ってるんですけど、それがないと寝られないんだなって今初めて気づいて。あの……ちょっと、それの代わりになってもらえませんか？」

「は？」

駿平が顔を曇らせても、結菜はお構いなしに抱きついてきた。

「うわっ！　あの、ちょっと！」

引き剝がそうにも、触ったらアウトだ。

彼女は本気でギュッとしてきている。

（う、おっぱいが……太ももが、それに下腹部も……）

おっぱいが二の腕に押しつけられて、生の太ももが脚にからみついてくる。駿平の太もものあたりにホットパンツ越しの秘部が接触していて、あまりの刺激に頭が爆発しそうになった。

先ほどは服を着たまま抱きつかれたのだが、今度は薄い下着姿での密着だ。興奮度が全然違う。

（ま、まずいなっ）

股間が一気にギンと昂ぶった。

慌てて腰を引くも、彼女は少し恥ずかしそうな顔をしながら口を開いた。

「あの……」

「はい？」

「あ、あの……松木さん……私でよければ、その……私の身体ですっきりしてもらってもいいですよ」

幻聴だと思った。

だが言い終えた結菜は、恥ずかしそうにうつむいている。

布団の中で脚をもぞもぞさせ、駿平の腰に巻きつくようにしながら、下腹部をこすりつけてくる。

「い、いや、いや、あの、すみません。僕も男なんで……その……こんな風に女性に抱きつかれると反応してしまうっていうか」

健康的な太ももがサワサワと微《かす》かにチンポをこすってきている。

欲情が高まり、このまま抱きつきたくなってしまう。

(な、なんてことしてくるんだ、この子は……)

清純そうでありながら、やはり男を知っているようだった。

(でも、私の身体ですっきりしてもらってもいいですよって、まさかっ……ただ酔っ払ってるだけだよな)

だが……。

結菜が、くりっとした目を潤ませながら、鼻先がつくほどの至近距離で真っ直ぐに見つめてきた。どう見ても欲情を孕《はら》んだ目つきだった。

(ど、どういうつもりだ……)

不安だから抱かれたいのか、それともお礼のつもりなんだろうか……。

「あの、私のせいでこんな風になったんですよね。だったら……」

「あ、あの、佐田様……」

だめですと言おうとしたら、身体が硬直した。

彼女がベッドの中で、ズボン越しに勃起を触ってきたからだ。

ぎこちない手つきだが、その初々しさが逆に欲望をかき立てられた。

「松木さん……私を慰めてくれませんか？」

ぼんやりした間接照明の明かりの中で、彼女の目がトロンとしているのがわかる。

「いや、そんな……」

「お願い。そうしたら、すごく安心できるから……今、私……ひとりですごく寂しくて、でも酔ってるから言ってるんじゃなくて……」

ささやくように彼女が続けた。

「あの……松木さんなら、いいかなって……今日会ったばっかりだけど、すごく安心できるっていうか、私、こんな風になったの初めてだから……」

あっ、と思ったときにはキスされていた。

「……ぅんんっ……んふ……」

可愛らしい童顔の彼女がうっとりと目を閉じて、くぐもった声を漏らしながら唇を押しつけてくる。

おざなりではない。

完全に欲情しきった、本気のキスだ。

柔らかい唇と、アルコールを含んだ甘い吐息、ムンムンと漂う濃い色香……。

（マジだ、この子……）

結菜は唇を離し、こちらを上目遣いに見た。

大きくて黒目がちな目は、見ているだけで吸い込まれそうな、愛らしい魅力を発している。

息を呑んで見ていると、彼女は重たげな睫毛を伏せるように、もう一度ゆっくりと瞼《まぶた》を落とす。

そして細くて白い首を伸ばし、顎をあげて唇を突き出してくる。彼女の頬はサクランボのように赤く色づき、キスされるのを待っている。

そんな仕草をされたら、もうだめだった。

夢中で唇を奪い、女の子らしい小柄な肉体を抱きしめつつ舌を入れた。

「んっ！　ンンッ……」

結菜は一瞬ビクッとしたが、舌の侵入を拒《こば》まなかった。

それどころか、彼女も舌をからめてきて、ねちゃり、ねちゃり、という唾の泡《あわ》立《だ》つ音をさせながら、より甘美《かんび》なディープキスをしかけてくる。

「ぅんんっ……ぅぅん……」

結菜のくぐもった鼻声が、悩ましいものに変わっていき、いよいよ舌の動きも激しくなってきた。

（ああ、この子の唾、甘いっ……）

もっといろんなところを舐めたいと、歯茎や頬の粘膜まで舌を伸ばしてまさぐり、甘い唾液をたっぷり味わう。

すると結菜も背中に手をまわしてきて、ギュッと抱きつきながら色っぽく舌をもつれさせてくる。

香水をつけているのか、女の肌の匂いが濃厚だった。

意外に成熟した二十三歳の色香がムンムンと漂ってくる。まばゆいばかりのこの肢体を今から抱けるのかと思うと、全身が震える。

「んぅぅん……あんっ……か、硬いっ」

結菜は唇をほどくと、丸い目を細めて恥ずかしそうに見つめてきた。

駿平の興奮したふくらみが当たったのだろう。

彼女はしかし、恥ずかしそうに顔を赤らめつつも、駿平のズボンのベルトに手をかけてきた。

「え、あっ……佐田さっ……」

積極的だなと思ったら、結菜はベルトを抜き取り、そのベルトを駿平に差し出してきたので、駿平は「ん？」と思った。

「……お願い」

ベルトを差し出されながら結菜に言われ、駿平は首をかしげる。

「な、何を？」

訊き返すと、彼女は狼狽《うろた》えながらも口を開いた。

「えっ……その……縛《しば》るんじゃないんですか？　私のこと……」

「は？」

からかっているのかと思った。

だけど、結菜の潤んだ目は妖艶《ようえん》な光を帯び、本気で縛って欲しいと思っているような雰囲気だ。結菜はもじもじしつつ、訊いてくる。

「あ、あの……こういうことするときって、拘束《こうそく》しないんですか？　私のこと」

「こ、拘束？　えっ、いや……そういうプレイもあると思いますけど。あの、そういうのが、いいんですか？」

おそるおそる尋ねると、彼女はハッとしたような顔をしてうつむいてしまった。

（も、もしかして……）

駿平は思いきって訊いてみた。

「あの……佐田さん、結菜さんがお付き合いしてきた男の方が、そういうことを……？」

そこまで言うと、彼女は顔を真っ赤に染めて小さく頷いた。

「というか、私……付き合った人はひとりだけで、それで……あ、あの……その人がいつもそういう風にしてたから……」

駿平はクラッとした。

男というのは誰しも同じことを考えるんだなあと感心してしまう。

結菜は清楚で可憐《かれん》で、守ってあげたくなるタイプである。

その反面、この怯《おび》えたような表情が男のSっ気を誘うというのか、セックスにおいてはいじめてみたくなる女の子だと思っていたのだ。

付き合った男も、そういう気分になったのだろう。

（二十三歳のこんな可愛い子が、男にそんないやらしい性癖を仕込まれていたなんて……）

ＳＭの趣味はないから、普通だったら引いてしまっていたかもしれない。

だが、相手が結菜なら話は別だ。

こんな可愛い子を縛って不自由な体勢にしたら、いろんなことをしてみたくなるだろう。

「あの……僕も別に、キライじゃないですけど、ホントにいいんですね」

駿平が結菜の耳元でささやくと、彼女は口元を手の甲で隠してしばらく逡巡してから、やがて小さく頷いた。

（いいの？　ホントにいいの？）

女性を縛ったりするＳＭなどしたことないが、まるっきり興味がないわけでもなかった。

駿平は起きあがって、うつ伏せの結菜の両手を背中に回し、手首のところでクロスさせた。

それだけで妙な高揚感を味わった。

さらにその細い手首にベルトを巻きつけて、痛くないかと確認しながらも後ろ手で拘束する。

女性の自由を奪うというのは、思ったよりも興奮するものだった。

何をしてもいいという征服欲を煽るのもあるが、縛られて胸を突き出す格好になるからエロさが増すのだ。

「ど、どうですか」

縛り終えて、尋ねてみる。

「はい……」

ベッドに腹這《はらば》いになっていた結菜は肩越しに苦悶《くもん》の表情を見せ、背後で縛られた両手を動かそうと試みる。

「外れない。けっこう強く縛ったんですね」

にわかに結菜の頬が紅潮した。瞳がさらに歪んでくる。

怯えた表情は、演技でなく天性のものらしい。

（こ、これはたまらん……）

生唾を呑み込み、結菜の姿をじっと眺める。

キャミソールにホットパンツという格好だけでもいやらしいのに、手の自由を奪われているという囚《とら》われの被虐美《ひぎゃくび》に、興奮がさらに募っていく。

駿平は夢中で覆《おお》い被《かぶ》さって、後ろからキャミソールのふくらみを鷲づかみにし、やわやわと揉んだ。

「あっ……」

彼女はビクッとして、縛られた身をよじる。

やはり不自由にされた方が興奮するのか、結菜はすぐにハアハアと息を弾ませながら泣き顔を見せてくる。

そのエロい表情と、豊かな胸の揉みごたえに駿平は欲情した。背後から抱きしめるようにしつつ、バストをさらに強く握りしめると、

「ああっ……いやっ……」

結菜は、いやいやと顔を横に振りたくるが、拘束されていない下半身はビクンビクンと反応している。

その拍子に結菜の艶々した髪の毛から、甘い香りがふわっと匂い立った。首筋からもアルコールの混ざった体臭が漂ってくる。すべてが噎《む》せ返《かえ》るほど濃厚だった。

「いやなんて言って。こんなに腰が動いてるのに」

ついつい煽ってしまうと、彼女は顔を赤らめて目をそらす。

その恥じらい方が、男の性的欲求をさらに煽ってくる。もっといじめたくなるのは、やはりこの子が持っている先天的なM気質《きしつ》によるものだろう。

（これは燃えるな）

もっといたぶりたくなった駿平は、後ろ手に縛った結菜を仰向けにしてキャミソールの紐を肩からズリ下げると、おっぱいがプリンのように柔らかく揺れて露出した。

（おおっ、すげえ……キ、キレイだな……）

細身の身体なのに乳房だけが大きすぎて、驚いた。

しかもお椀形《わんがた》の美乳だ。

透き通るようなピンクの乳首がツンと上を向いて、ため息が出るほどの造形美を見せつけてくる。

「あんっ……」

おっぱいを露出させられ、羞恥《しゅうち》の息が漏れる。

恥ずかしいのに両手を縛られているから隠すこともできない。

結菜を辱《はずかし》めていることが興奮を高め、カッと頭を熱くしながら、乳房の裾野《すその》を手のひらで乱暴に揉みしだく。

「ぅう……」

結菜が切なげに目を閉じ、睫毛をフルフルと震わせている。

たまらなくなって、さらにムギュッ、ムギュッ、と指を食い込ませていくと、

「あっ……あっ……」

結菜はうわずった声を漏らして細顎をせりあげた。

その感じた声が恥ずかしかったのだろう。結菜は慌てて唇を嚙みしめて、漏れ出す声をこらえている。

その表情がなんとも色っぽい。

（エロいな、この子……）

清楚で可憐で経験人数も多くないのに、エロい。

付き合った男にかなり開発されたということだ。その証拠に、恥ずかしさよりも、もっと感じたいという欲望の方が勝ってしまい、ホットパンツの下腹部がビクンビクンと反応してしまっているからだ。

「感じやすいんだね。ガマンしなくていいよ」

もう興奮して、接客どころではなくなってきた。

駿平はホテルの制服を脱ぎ、パンツも下ろして全裸で結菜の乳首に舌を這わせ

ていく。

「ああんっ！」

軽く舐めただけで結菜は声をあげ、後ろ手に縛られた不自由な身体をよじる。

さらに乳首を口に含んでちゅぱちゅぱと吸い、そして舐める。

続けざまに、口の中でねちっこく舌で転がしてやると、

「んっ……やっ……」

結菜は半開きの口から白い歯列を覗かせ、またいやいやした。

「もう乳首が硬くなってきたよ。ここまで感じやすい子だとは思わなかったな。縛られて興奮してるんだね」

表情を見ながらささやくと、結菜はその言葉にビクンビクンと顎を跳ねあげて、薄目を開けてこちらを見た。

駿平の視線に気づいた結菜はハッとして、また顔をそむける。

「松木さん……いやらしい……そんなこと言うなんて」

彼女は泣きそうだ。

だけど乳首はもうピンピンで、彼女の全身は汗ばんでいて妖しいまでに熱を孕《はら》んでいる。

いじめられて興奮しているのだ。

その感じた顔も、硬くなった乳首も、縛られて隠すことができないながらも、結菜が確実に悦《よろこ》んでいるのがわかる。

(拘束プレイも悪くないな。こうして可愛い子を縛るって妙な背徳感がある)

高揚したまま音を立てて乳首をさらに吸引し、軽く甘噛みしてやる。

「ンンンッ!」

すると結菜は眉根をつらそうに寄せて、ビクッ、ビクッと震える。

わずかに痛みがあったのか、歪んだその表情がひどくそそった。

そんなことするつもりもなかったし、自分にそんな性癖などないと思っていたのに、痛いくらいに勃起してしまった。

「痛いのが、気持ちいいのかい?」

噛んだところを舌で舐めて結菜の表情をうかがうと、彼女は唇をキュッと噛みしめて恥ずかしそうにしつつも、挑むように睨んできた。

その表情にゾクッとしたものを感じた。

たまらずさらに強く乳房を揉みしだくと、結菜の呼吸はどんどん荒々しくなっていく。

「ハア……ハア……ああ、っ……ああっ……」

その艶めかしい感じ方に煽られて、ますます強く乳首を吸引していくと、口の中で乳首が円柱のように尖り、彼女の全身がわなわなと震えはじめ、

「ああっ……いやっ……あああっ……ああっ……だ、だめっ……」

と、乳首だけで追いつめられたように縛られた身体を揺するのだった。

5

可愛らしい若手ＯＬとの拘束プレイ。

初めての変態じみたプレイで、これほど激しく欲情するとは思わなかった。

乳首責めに身体をくねらす緊縛された二十三歳がエロすぎて、もはや宿泊客との添い寝などという建前《たてまえ》などすっかり忘れて夢中になってしまっていた。

駿平は右手を下ろしていき、結菜のホットパンツの股間に這わせていく。

「あっ……」

結菜がうわずった声を漏らした。

あきらかに熱気を帯びているのが生地越しに伝わってきた。

「すごく熱くなっているよ、ここが……」

「そ、そんなことないですっ」

結菜は否定して、首を振る。

だが、もちろん欲情しているのは丸わかりだ。

駿平自身の股間も結菜の妖しい熱気に負けず、ガマン汁をにじませるほどに昂ぶっている。

(もうだめだ。見たくてたまらない)

息を荒くしながら、駿平は結菜のホットパンツに手をかけて脱がしていく。

清楚な若手ＯＬに似つかわしいアイボリーのパンティだった。

小さめサイズのパンティが股間にぴっちりと食い込み、むっと湿ったような匂いを漂わせてくる。

「いやあんっ……」

結菜は恥じらいの声をあげる。

その身体をくねらす姿も、実に可愛らしくて女らしい。

「い、いやらしいな……」

鼓動が高鳴るままに、アイボリーのパンティを穿いて後ろ手に縛られた結菜の肢体を眺める。

正直、もっと幼いと思っていたのだが、十分に大人の身体をしていてセクシーだった。

抱きしめたときはおっぱいだけが大きいと思っていたが、こうして見ると太ももやヒップもボリュームがある。

駿平が右手で太ももをまさぐる。

ストッキングを穿いていない直の素肌はすべすべでしっとり。さらに予想していた以上にムッチリと柔らかく、ぷにぷにとした感触を伝えてきた。

「ああ……」

股間の近くを触ったからだろう。

恥ずかしがり屋の彼女は太ももをギュッと閉じて、これ以上触られないように駿平の手を挟みつけてきた。

その圧迫に負けじと、指をパンティの底に押し当てる。

湿った感触があって、

「いやっ……！」

彼女は身をよじって、駿平の忍びこんだ手を外そうとする。

だが両手を縛られていては抵抗するのも難しい。駿平は荒ぶったまま結菜の片膝をつかんで広げ、湿り気のあるクロッチを指でなぞってみた。

かなり湿っているのだろう。

指で軽く押しただけで、ぐにゅっとパンティがスリットに沈み、

「あっ……だめっ……あっ……」

結菜は顎をせりあげ、仄白い喉元《のどもと》をさらけ出す。

「すごい濡れてるね」

耳元でささやけば、彼女はギュッと目をつむり、またイヤイヤをした。

(この恥じらいが、やけにそそるんだよな)

駿平はカアッと全身を熱くさせ、

「いい加減に認めたら？　添い寝して欲しいとか言って、ホントは男が欲しかったんでしょ？」

嘲《あざけ》るように言うと彼女は、

「ち、違いますっ。そんなわけないっ」

赤ら顔で否定する彼女がいじらしかった。

こんな子が男を欲しがるなんて、そんなわけないと思いつつも、いたぶらずにはいられないほど激しいS心にかられる。

「違わないよ。こんなに濡らしてるじゃないか。エッチな子だ」

乱暴にパンティを剝ぎ取ると、

「いやぁっ」

真っ赤になった結菜は後ろ手に縛られたまま、ベッドの上で逃げようと脚をばたばたさせる。

だが、その脚をつかまれて広げられ、女性器を丸出しにされても拘束されたOLにはどうすることもできない。

(……おおっ……おまんこもキレイだ……)

中心部を食い入るように見た。

わずかに開いたピンクの花ビラが、妖しく濡れて男を誘っている。

まわりのこんもりした土手は薄ピンクで繁みも薄く、陰部の幼なさは、太ももやお尻の熟れたボリュームとはアンバランスだった。

駿平は震える指を伸ばして花ビラをくつろげる。と、さらに濃いピンクの粘膜が重なり合って咲いているのが見えた。

粘膜は色鮮やかなだけでなく、一枚一枚がしっとりと濡れて、ムッとするような生っぽい発情の匂いを漂わせている。

「すごいな……可愛いおまんこのくせに、ぐっしょりおもらしして」

「ああんっ、だめですっ。そんな、じっと見ちゃ……」

「見るよ。いやらしいところを全部見ちゃうよ。どうせ抵抗できないんだから」

言うと、結菜は口惜しそうに唇を嚙みしめる。

本当に男心をそそる女の子だった。

付き合った男が夢中になって、緊縛プレイを仕込んだのもわかる気がする。

（もっといろいろ、仕込まれてるんだろうな……）

純情そうな何も知らない結菜が、男にいろいろされているのを想像するだけで、ますます興奮してきて、もっとその本性を見たくなってくる。

駿平は前触《まえぶ》れなく濡れた亀裂を舌で舐めあげた。

「あううっ」

結菜は驚き、びくっとして腰を逃がそうとする。

だが駿平も逃がすわけにはいかない。

膝をつかんで左右に広げながら、ツゥーツゥー、と舌でなぞりあげていく。

「ああ……いやぁぁ……だ、だめぇぇ……」

結菜は身を強張らせていたが、ねろりねろりと舐め続けていると、すぐに感じ

た様子を見せはじめ、

「んっ、んっ……」

と、のけぞりながらくぐもった声を漏らし、目尻に涙を浮かべて、ぼうっとした女の表情を見せはじめる。

（クンニされ慣れてる感じだな……）

舐められるのが好きなのか。

だったらと、さらに舌を強く押し当てて、粘膜の奥まで這いずらせていくと、奥からは濃厚で酸味の強いエキスがしとどに漏れてきて、太ももの付け根までびっしょり濡らしていく。

「すごい濡れようだね」

また煽ってみるも、今度は抵抗しなかった。

もう感じきって没頭しているのだろう。

「あっ……あっ……はあんっ……だめっ……だめですっ……それ……あっ、あうんっ……うふんっ……」

それどころか後ろ手に縛られたまま、その背をグーンとのけぞらせて、甘ったるい声まで漏らしはじめる。

（よおし、いい感じだぞ……）

駿平は結菜の腰を持つと、次はうつ伏せにした。

後ろから攻めたくなったのだ。

結菜のしなやかな背中から、くびれた腰、そこから大きく盛りあがるヒップの丸っこさに目を奪われる。

小ぶりなのだがヒップの丸みがすごい。おっぱい同様、身体は華奢なのに、そこだけが張りつめていて女らしさをふりまいている。

「か、可愛いお尻だね」

言いながら両手でヒップを捏《こ》ねまわす。

両手を後ろにまわしているから、自然と尻を突き出す格好になって、撫でれば撫でるほど、熟れた桃のような丸々としたヒップが、もっと触ってとばかりに目の前に迫ってくる。

「ああっ……あああんっ……」

尻丘の狭間《はざま》からは、むわっとした女の匂いがあふれ、シーツには愛液のたまりがいくつもできていた。

（エロい子だ。お尻も感じるんだ……だったらここも……）

駿平は夢中になって尻肌を撫でまわしつつ、桃割れをぐいと開いてセピア色のアヌスにも舌を這わせてやる。

「はあああ！」

結菜は今までになく大きな声をあげて、脚をばたばたさせてきた。

「や、やめて！　やめてくださいっ、お尻の穴を、な、舐めるなんて……ッ」

今までの恥じらいの声とは違い、本気でいやがっているようだった。

（ここは、さすがにいじられたことはないんだな）

カレシにも触れられたことのない禁断の穴。

駿平は夢中になって、じっくり眺めた。

いくつものシワを集めた小さな窄《すぼ》まりも、彼女の容姿と相《あい》まって、可憐なおちょぼ口をしている。これほど麗しいアヌスを見たのは初めてだ。

改めて尖らせた舌先を、小さな孔《あな》に差し込むと、

「ひっ！　あああっ……！」

彼女はあらぬ声を漏らして、ひっきりなしに尻を振りたくる。

（可愛い子は、お尻もいやな匂いがしないのか……）

わずかにピリッとした味が舌につくが、総じていやな感じはしない。

いや、もし仮にいやな匂いがしたとしても、こんなに可愛い子のものなら嗅《か》いでいたいと思うだろう。

「だめっ……ああ……だめですっ」

結菜は縛られた身体を逃がそうとするも、駿平はぐいと腰をつかんで引き寄せ、こめかみをベッドについて尻を掲げた不自由な体勢をとらせながら、窄まりを唾液まみれにするほど舐めしゃぶる。

「ああ……ああ……」

続けていると、いつしか結菜の様子も変わり、尻のくねらせ方が媚態《びたい》を帯びてきた。ついにお尻の穴が感じはじめたのだ。

駿平はいよいよ尻穴の奥まで舌を届かせると、

「あっ……あっ……ダメ……あはっ……あうんっ……」

と、結菜が切なそうな甘い鼻声を漏らして、もっともっとと言わんばかりに尻を突き出してくる。

「いやがってたわりには、感じてるじゃないか」

尻穴を舌でかわいがりつつ、右手の指でスリットをまさぐれば、若手ＯＬの股間はびくっ、びくっと震えながら新鮮な蜜をたらたらと漏らしていく。

やはりこの子はドMだ。感度がいい。

排泄の孔をいじられるという羞恥《しゅうち》の愛撫《あいぶ》なのに、身体が妖しく火照《ほて》っていくのがわかるのだ。

「ああ、ゆ、許して……も、もう……あっ……あうう」

結菜は不自由な体勢のまま、泣き顔をこちらに見せてきた。

それでもまだやめずに、バックから尻割れに深く顔をつけて穴を舐めつつ、おまんこの奥に指を届かせれば、ぬるっ、ぬるっ、としたおびただしい量の粘液が、中指にまとわりついてくる。

さらにはスリットの小さな孔に指を折り曲げて力を込めると、指はぬぷーっ、と、しとどに漏れた膣の中に呑み込まれていく。

「ああああっ……」

結菜はとたんにぶるっと震え出した。

と、同時に侵入した指の根元を膣がキュッと食いしめる。

駿平は入れた指を膣内で鉤状《かぎじょう》に曲げて、思いきり奥の天井をこすりあげた。

「ンッ……あっ！」

結菜がビクッとして、背中をのけぞらせる。

さらに穴を激しく舐めれば、

「ああ……もう、……やだっ……イッちゃいそう……」

こめかみをベッドにつけて、いよいよ結菜はとろんとした目を見せてくる。もう恥じらいはなくなり、快楽を欲しがって身悶《みもだ》えしている。

猛烈に昂ぶり、さらに激しく排泄穴を舐めしゃぶる。

結菜はつらそうな表情を見せ、

「ま、松木さん……だめっ……イク……お願い、入れてくださいッ……」

おお、と思った。

こんな可愛いOLがお尻の穴を舐められてアクメに達し、ついには挿入をせがんできたのである。

6

（せっかくなら、恥ずかしい体位で犯したいな……そうだっ）

結菜を仰向けにさせる。

後ろ手の縛《いまし》めがちょっと痛そうなので、少し腰を浮かせ気味にさせてM字に開脚させた。

「ああ……」

大股開きの結菜が、恥じらいと挿入の期待の混じったうわずった声を漏らして顔をそむける。

（そうだ……ゴムがまた……）

しかし、もう激しく昂ぶっていて、ここでやめることなんかできはしない。

おそらく、いや間違いなく、結菜も同じ気持ちだろう。

「生でも、いいかな」

結菜を真っ直ぐ見て生挿入を告げると、結菜はわずかに視線を泳がせたものの、目の下を赤らめつつ小さく頷いた。

少しは葛藤《かっとう》があったようだが、それよりも今目の前にある勃起が欲しくてたまらない、その肉棒で貫かれたいという欲望が勝ったようだ。

駿平は肉棒に右手を添え、正常位で濡れそぼる媚肉《びにく》にぴたりと当てる。

小さく窪んだ部分に嵌まって、そのままぐっと押し込むと、亀頭が膣穴を大きく広げ、ぬるっと呑み込まれていった。

「あ、あンッ……」

挿入の衝撃が大きかったのだろう。

結菜が顎を跳ねあげて大きくのけぞった。

さらにそのまま、つらそうにギュッと目を閉じて、眉間にシワを寄せた苦悶の表情を見せつつ、ハアッ、ハアッと熱く喘いでいる。

(反応がいいな。自分のは大きいと香緒里さんに言われたが、そうなのかな)

だが、悦んでばかりもいられない。

駿平の方も、歯を食いしばらなければならなかった。

なにせ結菜の膣穴はキツかった。

小柄だからおまんこも小さいのだろうか？　圧迫感がすごくて、ちょっとこすっただけで出してしまいそうになるほど気持ちいいのだ。

(な、なんだこりゃ……ぬるぬるしてるのに、す、進まないぞ)

肉棒を窮屈に締めつけてくる美人ＯＬに陶然《とうぜん》としつつ、なんとか少しずつ結合を深めていく。

必死に根元まで埋めると、最奥に当たった。

「んんん……ンンッ……あああっ……そんな、奥まで」

結菜も熱い吐息を漏らし、うわずった声で挿入の刺激を吐露してくる。

正常位で脚を開いたまま、苦しげに身をよじる。

尻の下にある縛られた両手を、何度も開いたり閉じたりしているのがちらりと見えた。彼女もこの結合感に驚いているのだ。

(やっぱ大きいのかな、僕のって……)

そんな優越感に酔いつつ、可憐な美人ＯＬとひとつになれたことを実感する。

そして……。

今まで以上に彼女を愛おしいと思った。

自分が気持ちよくなりたいというよりも、彼女を気持ちよくさせたいという気《き》概《がい》が増していく。

(よ、よし、初めての体位だけど……やるぞ……)

駿平は仰向けの結菜の腰を抱きしめると、そのまま自分は後ろに倒れて結菜を起きあがらせて自分の方に引き寄せた。

正常位で結合したまま騎乗位に変えようという魂胆《こんたん》だ。

「え？　あっ……な、何……？」

挿入したまま抱き起こされた結菜が狼狽《うろた》えている。

そんな不安げな彼女に蹲踞《そんきよ》の姿勢を取らせると、なんとか自分が仰向けになり、彼女がその上になる体位に変化できた。

「あっ……いやぁぁぁ……私が上なんて……！　は、恥ずかしいですっ」

彼女はイヤイヤするも、両手は後ろ手に縛られているし、腰を駿平につかまれているからどうにもできないのだ。

下から見つめてニヤニヤすると、結菜は耳までを真っ赤に染めあげて、騎乗位にされた身体を揺すって抗う。

「縛られているから、逃げられないだろう。全部見てあげるよ、えーと」

駿平が考えた顔をすると、彼女は困ったような顔をしつつ、

「結菜です。佐田結菜」

「……結菜ちゃんのエッチな腰振りも、感じてる表情も、おまんこが突きあげられてるところも全部見てあげる。おまんこ、この肉棒でたっぷり味わってあげるから」

興奮しているのか、まるでスケベじじいのような台詞が次々と口をついて出てくる。

結菜は口惜しそうに唇を嚙み、挑むように睨んでくるも、すぐに泣き顔に変わり、

「わ、私……上になったことがないんです。こんなに恥ずかしいなんて。下から

見られるのが……ああんっ、だめっだめっ、いやぁ……」

顔を打ち振ると、形のよいおっぱいも、ぷるぷると左右に揺れる。

「でも、だめって言ってるわりに、さっきより締めつけがすごいよ。濡れ方もすごくて……結菜ちゃんって、だめとか、いやって言うと余計に濡れるんだね」

「そ、そんなこと……ああんっ」

会話の途中でガマンできなくて下から突きあげてしまう。

「だめっ……あんっ……だめえええっ……」

いやいやしながらも、どうにも抗えない結菜を見あげていると、駿平は猛烈に興奮した。

後ろ手で拘束されたまま、騎乗位で腰を振らされている可愛い美巨乳ＯＬ。

その姿を存分に鑑賞できるなんて最高だ。

（やっぱ、僕ってＳっ気があるのかな……）

いや、きっとこの子の雰囲気が、男をサディスティックにさせるのだろう。

駿平は下から猛烈に腰をぶつけていく。

狭い蜜壷《みつつぼ》を穿《うが》つと、愛液のかき混ざる音が、じゅぷっ、じゅぷっと響き渡る。

さらにすべりがよくなって、チンポをこする快感が増していく。

「あっ……んんっ……んっ……んっ……」

いよいよ結菜は無理矢理の騎乗位で、感じたような声を漏らしはじめた。

結菜のヒップは小ぶりだが、丸みと肉のボリュームがあるから、下から腰をぶつけると、パンパンと、小気味いい音が鳴り響く。

「あ……いい、いいっ……あんっ、すごいっ……深くてっ……ああんっ……そ、そこ好きっ……もっと突いてッ」

もう気持ちを隠すことなく、結菜は甘い声を漏らし、上になっているにもかかわらず淫らに腰を、くいっ、くいっ、と前後に振りはじめた。

「おおうっ！」

ペニスの根元が揺さぶられて、一気に尿道が熱くなってくる。

結菜の表情を見れば、切りそろえられた髪が乱れて頰に張りつき、整えられた眉はハの字になっている。

その泣き出さんばかりの表情が、たまらなかった。

縛られ、男の上に乗せられているというのに、その被虐的な興奮に大きな瞳を潤ませて感じまくっている。

(仕込まれただけじゃないな。心の底から好き者《すもの》なのかも……。それに意外と度

胸もありそう）

明日、商談ということだが、追いつめられた方が意外とそのポテンシャルを発揮するかもしれない。

（いい子だな……可愛いし……）

もっと長く楽しみたいと思ったが、気持ちよすぎて限界に近づいていた。

もうもたない。

見事にくびれた腰をがっちり持って、下から渾身の力を込めて激しく突きあげてやる。

「あっ、だめっ……いきなりそんなっ……もうだめ……イ、イキそっ……」

結菜は困惑した声をあげて、いっそう激しく腰をくねらせた。

体臭も、発情した生臭い匂いも噎せ返るほどに強くなっていく。その匂いを嗅ぎながら結菜が壊れるほど突きまくる。

「あんっ、あんっ……あんっ、気持ちいいっ……イッちゃう……そんなにしたら、イッちゃいますぅぅ！」

結菜がさしせまった声を漏らし、騎乗位で縛られたまま前傾してきた。

汗ばみ、火照った結菜の身体をギュッと抱きしめつつ、キスしたり、耳や首筋に舌を這わせながら、いよいよ限界まで奥を穿っていく。

そのときだった。

「あ……あっ……ああんっ……私……イクッ、イッちゃううう！」

ビクンッ、ビクン、と腰を激しく痙攣させ、結菜は身体を強張らせる。

膣をギュッと締めつけてきた。

アクメしたのだ。間違いない。

若手の美人ＯＬをチンポでイカせた……その至福が、今までガマンしてきた限界を打ち破りそうになる。

「だ、だめだ……出る」

慌てて彼女の腰を持って、立たせようとした。

だが……。

「あんっ……出してっ……いっぱい出してっ……私の中に……」

結菜がエクスタシーに溺《おぼ》れた身体を投げ出したまま、甘ったるい言葉を耳元でささやいてきた。その瞬間、理性が飛んだ。

ガマンする間もなく、熱い男汁が結菜の膣奥に向けて迸《ほとばし》った。

（くうう っ……）

精液が一瞬で尿道を駆け抜け、痛いくらいの快楽が訪れる。

頭の中が真っ白になり、ただただ結菜を抱きしめたまま、なすすべもなく結菜の中に注ぎ込んでしまうのだった。

第三章　ギャルと色情霊

1

　その日は朝からどんよりした天気だった。

　鈍色の空からは今にも雨粒が落ちてきそうで、なんとなく空気が湿気を含んでじめっとした、いやな天気だった。

「そろそろ梅雨《つゆ》かねえ」

　板長《いたちょう》の野村《のむら》が、窓の外を見ながらぽつりとつぶやいた。

　ホテルの厨房《ちゅうぼう》で、野村が考案した〈女性向けの朝食ヘルシーメニュー〉をみなで試食しているところである。

　ここ最近、女性の宿泊客が増えてきていることから、この際、ビジネスホテルでも女性向けのメニューを提供してみてはどうかと駿平が提案したのが採用されたのだ。

　山菜といった地元の食材を使った料理や豆乳の入ったしゃぶしゃぶなど、ちょっと老舗《しにせ》旅館の朝食を思わせるような和食メインのメニューである。

「美味しいね、これ。私には軽すぎやけど」

　栗原はあっという間に平らげて、ペットボトルのお茶を飲んでいる。

　新人パティシエの牧野や、ロビーの喫茶店のマスターである戸田も太鼓判《たいこばん》を押してくれた。

　経理担当の後藤だけは、ちょっと原価がなあと、ぶつくさ言いながらも、味には満足げだ。

「それにしても、ホントに女性客が増えたよなあ。恋愛の運気があがるホテルってのは、マジなんすかね」

　牧野が言う。

「いいんじゃないの、なんでも。いい噂が広まってくれるならさ。最近、客足も減ってきて危なかったんだから」

　栗原の言葉に、駿平は「えっ？」と驚いた。

「このホテル、そうだったんですか？」

　後藤に訊くと、彼は眼鏡の位置を指で直しながら頷いた。

「昨年は赤字やったからね。残念ながら、何もせんでも客が来る東京のホテルとは違うわけでして」

嫌みっぽいことを言われた。

だが、東京のホテルだって……確かにビジネス客は多いが、その分ライバルのホテルも多く、集客にシノギを削っていたのだ。

「まあ、女性客だろうがなんだろうが、いいことですがねえ。そういや支配人、例の自殺したって女性客の……」

野村が言い出して、駿平は「おっ」と食いついた。

おそらく以前に後藤が言っていた「自殺した女」のことだろう。

座っていた支配人の森《もり》は、

「は？　なんやったかな」

と、訊き返してきた。

森は縁側《えんがわ》でひなたぼっこをしているのがお似合いの、人のいいおじいちゃんである。こんな人がどうして支配人になれたのか不思議だった。

「後藤さんが言ってたんですよ。昔、ここに警察が来たって話」

栗原が言うと、支配人の森は後藤をじっと見た。

後藤が目をそらす。

森は困りながらも話しはじめる。

「ずいぶん前の話ですよ。警察が来たのはホントですけど、まあその人が亡くなったのはこのホテルの中じゃないし」

「やっぱり本当だったんですか」

みながどよめいた。

「ですから、もう二十年も前の話ですし。なんで今頃……」

森が首をかしげる。

駿平はたまらず訊いた。

「ちなみにその女性が泊まってたのは、何階のどのお部屋でしたか？」

森はめんどうくさそうに、

「どうやったかなあ。たしか……、二〇三号室とかじゃなかったかな」

と記憶を辿りながら言う。

部屋番号を聞いて、駿平はドキッとした。

（二〇三号室って、香緒里さんが泊まってた部屋じゃないか！）

森は首を振った。

「ホンマ言わんといてくださいね。なんで今頃、こんな話になったのかいな」

「いやほら、最近女性客が増えてきて、恋愛運だのパワースポットだのってオカルト的なことを言うもんやから。昔のことを思い出したんですよ」

後藤が言う。

駿平はなんだか背筋が寒くなってきた。

二十年も前の話とはいえ、後に自殺した女性が泊まっていた部屋で、駿平は人妻を寝取り、濃厚なセックスをしたのだ。

（まさか、呪《のろ》われたりしないだろうな……）

どうもこの手の話は苦手だ。話題を変える。

「まあそのことはさておき。じゃあ女性限定の宿泊プランとかも売り出したらいいじゃないですか。ねえ、支配人」

明るく言うと、森はさらに困ったような顔をした。

「せやねえ。私はいいと思うんだけど、上条さんがねえ。女性客を増やすことにはあんまり……」

森は玲子の名前を出して顔をしかめる。

「いいじゃんね、女性客が増えたら華やかで」

牧野が口を尖らせる。

「なんで上条さんは、この女性向けプランに反対してるんでしょう」

駿平が言うと、みながこっちを向いた。

「あんたでしょ」

栗原が言う。

「は？」

駿平は自分で自分を指で差して、きょとんとする。

後藤が、やれやれというようにため息をついた。

「マネージャーねえ、相変わらずキミに対抗意識燃やしてるんですわ」

野村もうんうんと唸った。

「あの人の性格からして、東京モンがいきなりやってきて、いろいろ提案して、それが当たったら面白くないんやろねえ」

駿平はちょっと呆れた。

玲子は理知的で、自分よりも思慮深《しりよぶか》い。なのに、そんなことにこだわって感情的になっているなんて……。

「ホントですか？　上条さんって、なんでそんな東京モンに対抗意識を燃やしてんすか？」

「あの玲子さんが男がらみ？　うっそお……マジで？　そんな浮《うわ》ついた話がある

牧野が興味津々という感じで、身を乗り出した。

栗原がいきなり下世話な話をはじめる。

「男がらみだったりして」

るんですかね」

駿平も栗原を見た。

あんなに美人なのに独身という理由を、駿平ももちろん知りたかった。

栗原は「うーん」と唸った。

「噂だから、あんまり言わないでよぉ。あのね、昔付き合ってた男がいて、その人に東京への転勤話が出たんだって。そのときに『仕事と私、どっちを取るの？』って迫ったら、その人、仕事を取って東京に行っちゃったらしいのよねえ」

聞いて拍子抜けした。

あの冷静でクールな玲子が、そんな風に理不尽な選択を迫るタイプに思えなかったからだ。

栗原が一呼吸置いて続ける。

「だから、その恨みからか、自分も仕事に没頭するようになったのよねえ。きっとそれがあるから、東京モンのあんたに対抗意識を燃やしてるんじゃないの？」

噂だから、あんまり言わないで、と言っておきながら、栗原はさも確信的に喋っていた。

（ホントかなあ……）

噂話が好きなおばさんだから話半分としても、玲子に浮いた話がまったくないということはなさそうだ。

と、そのときだ。

「ったく、もうっ」

声のした方を見ると、厨房の入り口に玲子が腕組みして立っていた。噂をすれば、である。

「フロントに誰もいないじゃないの。まったく、どうなってるのかしら」

睨みつけられて、駿平はおろか、男どもはみんな萎縮《いしゅく》した。

男がたじろぐほどの美人である。

スラリとしたスタイルのよさに、ミニスカートから伸びる美脚はハッとするほど艶めかしい。まさにデキる女、クールビューティというやつだ。

そんな彼女に睨まれると、どんな男でもひるんでしまうだろう。

「す、すみません。ちょっとだけのつもりだったんですが」

慌ててフロントに戻ろうとすると、玲子も一緒についてきた。

「困った人ね。でもまあ他のスタッフを庇《かば》って飛ばされたっていうのは、ちょっと同情するけどね」

玲子の言葉に、駿平は「え？」と思った。

「知ってたんですか？」

「訊いたのよ、東京の南急ホテルにも知り合いがいるから。クレーマーにきちんと意見した、というのは私も賛成よ」

「そ、そうですよね」

珍しく玲子が賛同してくれたので、うれしくなった。

「……だけど言い方はあると思うわ。もっとうまく収められたはずよ。その点についてはホテルマン失格」

……やはり簡単には褒《ほ》めてくれないようだった。

フロントに行くと、ちょうど結菜が大きなキャリーケースを引いてやってきたところだった。

濃紺のスーツに白いブラウス姿は、やはり就職活動の大学生にしか見えない。

彼女は駿平に気づくと、すぐに照れたような表情を見せた。

こちらも照れてしまう。

当然だった。

二日前の深夜のこと。

勤務中にセックスしてしまった相手である。

しかも彼女は、酔っていたからか、それとも翌日に控えた初めての商談を前に緊張していたからなのかわからないが、「縛って欲しい」と妖しい性癖を全開にして迫ってきた。

こちらも恥ずかしくなるほど、のめり込んでしまった相手である。

「チェックアウトですか？　ずいぶん朝早いんですね」

そばに玲子がいるから平然としているが、いなかったらＬＩＮＥ《ライン》のアドレスを聞き出したいくらい好意めいたものが芽生《めば》えていた。

「昨日の商談がうまくいったので、早く会社に戻って報告したいんです」

結菜が元気いっぱいに言った。

そういえば、昨日の商談の結果を訊いてなかったことに気がついた。

（うまくいったのか、よかった）

見れば結菜は二日前の不安げな顔とは打って変わって血色がよく、にこやかだ。

パッチリ目のアイドル顔には笑顔が似合うなあと思う。

こんな可愛らしい子を、後ろ手に縛って無理矢理に騎乗位にさせたり、尻穴まで舐めてやったのだ。

自然と身体が熱くなる。

「よ、よかったですね、商談がうまくいって」

「はい。あの……松木さんのおかげです。前の日に不安で不安で眠れなかったのに、あの……その……いろいろお世話になって。このホテルにしてよかったです」

結菜の顔が見る見るうちに赤くなっていく。

こちらもドギマギしてしまう。

（罪悪感があったけど、本人がよかったと言うんだから問題ないよな。あーあ、今この場に玲子さんがいなけりゃなあ……）

ホテルマンの矜持はどこへやら。と、そんなときに思いも寄らぬことを彼女が言い出した。

「実は先方の人と意気投合して……その人、すごくいい人で、ＬＩＮＥも交換できちゃったんです」

「へ？　先方って……」

「商談相手です。その人、来月に東京支社に転勤になるらしくて、だから東京でも会わないかって」

わざわざ何でそんなことを言うのか？　彼女の心の中を察するに、ああ、と駿平は納得した。

（あの晩のことは一夜限りだと僕に伝えているわけか）

彼女はぺこっ、と可愛らしく頭を下げて、ガラガラとキャリーケースを引きながらエントランスから出ていった。

これでよかったんだよな、としみじみ思う。

「可愛いわね、あの子。でも、あなたにずいぶんと感謝してたわねえ。なんだか妙に親密だし。どうして恋愛事情まで、あなたに教えてくるのかしら」

背後にいた玲子が、含みのある言い方をした。

「な、なんでだろうなあ……で、でもよかったじゃないですか。初めての商談でガチガチに緊張してたんですよ、彼女」

ごまかそうとして笑うと、玲子はじろりと目を剝《む》いてきた。

「……お客様のため、というのは否定しないけど、親身になりすぎるのもどうかと思うけど」

玲子はそれだけ言うとフンと高い鼻をそらし、いつものようにピンヒールの音をカツカツとさせながら去っていく。

(なんか怒ってたなあ。なんでだろ……)

嫉妬みたいに見えたけど、まあそんなことはないだろう。

それよりも、やはり恋愛運というか……女性と親しくなれるような何かが、このホテルにはあるんだろうか。

2

(自殺した女性は、死ぬ前に二〇三号室に泊まっていたのか……)

駿平はなんとなく、あの部屋をきちんと見てみようかと思い立った。

その自殺騒ぎは、二十年も前の話である。

しかもこのホテルに直接関係のある話ではない。

だけど、それがどうも例の〈不穏な空気〉につながっているような気がする。行くのは怖いけど、その一方で怖い物見たさもあったのだ。

そんなことを考えながらエレベーターを降りて廊下の角を曲がったときだった。出会《であ》い頭《がしら》に向こうから来た人と、ぶつかってしまった。

「わっ！」

「キャッ！」

駿平が倒れながら見ると、ぶつかったのはルームメイク係のパートさんだった。

リネン回収用のワゴンの横に、三角巾《さんかくきん》を頭にかぶり、ゴム手袋とネイビーブルーの清掃用制服《ユニフォーム》に身を包んだ熟女が倒れている。

（あっ……）

倒れているそのパートさんを見て、駿平は目を見開いた。

彼女が着ている制服のグレーのスカートが転んだ拍子にまくれあがり、むっちりとした白い太ももが露《あら》わになっていたからだ。

（うわっ、いい脚してる……って、誰だ？　こんな色っぽい脚をしたパートさんなんかいたっけ？）

見ていると彼女は頭を振って、ゆっくりと起きあがった。

「ごめんなさいっ、大丈夫ですか？」

ルームメイクという裏方にしておくにはもったいない、色っぽい美熟女がそこにいた。

（ああ、美枝子《みえこ》さんだったのか）

駿平は高揚した。

というのも、地味なアラフォー女性ではあるが、前から「意外に美人じゃないか？」と思っていたからだ。

篠原《しのはら》美枝子は四十二歳。

中学生の息子がいるというパート勤めの人妻である。

ストレートのロングの黒髪にタレ目がちの双眸《そうぼう》が、なんとも優しげだ。

休みの日などはインドア派らしく、肌の色が抜けるように白い。そのせいか、どことなく弱々しく儚げな雰囲気だ。

着物の似合いそうな清楚な美人は、性格もおっとりしており、とろんと瞼を落としたような表情が、いつも妙に艶《なま》めかしいと思っていたのだ。

「あっ、こっちこそごめんね。私は大丈夫だから……」

結いあげた黒髪のほつれ毛を指で耳にかけながら、美枝子は優しく微笑んだ。スカートの裾を直しながら立ちあがる仕草が、妙に艶っぽくて駿平はドギマギする。

「ホントにごめんね。あら、あなた……東京から来た……フロント係の……」

「松木です。松木駿平」

慌てて答える。

何度か挨拶しているが、こうしてしっかり話すのは初めてだ。

「松木さんね。フロントの人が、こんな時間に客室の方に来るなんて珍しいわね」

彼女は、ちょっと鼻にかかったようなしっとりした口調でそう言うと、スカートのお尻のあたりをポンポンと手で払う。

「ちょっと気になることがあって。それよりすみませんでした、美枝子さん」

このホテルの従業員に篠原という名字の人がふたりいるから、彼女はみんなに下の名前で呼ばれている。

「そうね。お互い気をつけましょうね。おばさんも気をつけるから」

柔和《にゅうわ》な笑みが、いいお母さんという雰囲気だった。

だが、前屈みになったときにネイビーブルーの制服に包まれた、巨大な乳房の揺れを駿平は見逃さなかった。

（おばさんだなんて……まあ年齢的にはそうかもしれないけど、身体つきは色っぽいし、とても中学生の息子がいるなんて思えないよな。それに、こんないい脚してたなんて）

ワゴンを押して歩く後ろ姿も、意識して見ればかなりいい線をいっている。

特にお尻だ。

制服のスカートのお尻が、パンパンに張っている。

双臀《そうでん》のボリュームがすさまじく、ぴちぴちのスカートに包まれた巨大なヒップが歩くたびに左右にくなくなと妖しく揺れているのだ。

（キレイな脚だな……ルームメイク係みたいな裏方にしておくのは、ちょっともったいないような……あっ！）

何かゴミが落ちていたのか、美枝子が腰を屈めたので、スカートが持ちあがって、むっちりとした太ももの裏側が見えた。

汗をかくからだろう、ストッキングは穿いていない。美熟女の生脚はなんともエロくて、ドキッとした。

（み、見えそう）

いけないとはわかっていながらも、駿平は周囲を確認してから、素知らぬ顔でちょっと屈んだ。

（もっ、もうちょっと……）

目を凝らしても、美枝子の制服のスカートは膝丈なので、パンティはギリギリで見えなかった。

だが地味な美熟女が、普段は絶対見せないであろう生太ももを披露してくれただけで、なんだか儲けものという気分である。

（いいなあ、熟女っていうのも……）

ワゴンを押していく後ろ姿をぼんやり見送っていると、すぐそばに布らしきものが落ちていた。

拾ってみると、美枝子のハンドタオルのようだった。さっきぶつかって転倒したときに落としたのだろう、名前が刺繍《ししゅう》してあったのだ。

（あれ？　美枝子さん、どこに行ったかな）

雑巾を渡そうと探すと、ちょうど例の二〇三号室の前にワゴンがあった。

中に入ると、美枝子がベッドの掛け布団をはいで、シーツを替えようとしていたところだった。

「あの、美枝子さん、タオル……落ちていて」

背後から声をかけると、美枝子がこっちを向いた。

「えっ……ああ、ありがとう」

三角巾から垂れた髪の毛をかきあげながら、ニッコリと微笑んだ。

(ん？　なんかちょっと変だな……)

その表情が、先ほどの微笑みとは微妙に違っているような気がして、駿平はなんだか落ち着かなくなる。

美枝子はウフッと笑うと、またベッドメイクに取りかかる。

「あの……実はこの部屋にちょっと用があって……仕事の邪魔はしませんから、いてもいいでしょうかね」

訊くと彼女は、

「ええ、いいわよ。連泊中のお客様が通るといけないから、ドアを閉めてくれる？」

と、優しく返してくれた。

(やっぱり、なんかおかしいな……)

というのも、美枝子の表情にいつも以上の色っぽさを感じたのもあるし、どうもこっちを見る目が潤んでいるようにも見えたのだ。

（僕のことを意識してるのかな……んなわけないよな）

まさかなと思いつつ、部屋の中を眺めながら美枝子を盗み見てしまう。

制服の胸は豊かなふくらみを見せ、膝丈のスカートに包まれたヒップのまろやかさは、見ているだけで息がつまりそうだ。

（くうう……ムッチリしてて……すごいよな）

ついつい見とれてしまうが、あまり眺めていると不審に思われてしまう。

それにここは、人妻の香緒里さんとセックスした部屋だ。同じ部屋に、また別の人妻とふたりきりでいることにドキドキしてしまう。

視線をそらそうとした。

そのときだった。

美枝子が掃除機の前でしゃがんだのが見えた。

どうやら、掃除機にたまったゴミを取り出そうとしているらしい。

何の気なしに、その様子を見ていたら……。

（えっ……！）

息が止まった。

というのも、しゃがんでいる美枝子の膝が左右にわずかに開いたのだ。さっきスカートの奥の秘めたる太ももの内側が見えた。さっき屈んだときよりもきわ屈んだときよりもきわどい部分が見えてしまい、駿平は身体を熱くする。

(み、美枝子さん、無防備だよ……)

本人は四十二歳のおばさんと思っていても、こちらからすれば性的な興奮を煽られる美熟女である。いけないとわかっているのに、どうしても美枝子のスカートの奥に目が吸い寄せられてしまう。

彼女は蹲踞《そんきよ》の姿勢のままだ。

作業に夢中になっているのか、膝を開いて、掃除機をいじっている。

すると、美枝子の膝頭がさらに左右に開いていき、スカートの奥にベージュ色の布が覗いた。

(パ、パンティだ! スカートの中、見えてるよ……美枝子さん!)

駿平の心臓はバクバクと脈動し、今にも破裂するのではないかと思うほど高鳴っている。

最初はこちらのことなど、何も気にしていないのかと思った。

だからあんな風に無警戒なんだろうと……。

だが美枝子を見ると、顔が紅潮している。恥ずかしそうにしているのは、こちらを意識しているからだろう。

(ど、どうして……僕に見せてるの？)

わからない。

わからないが、もう目が離せなかった。

ベージュ色のパンティはデザインも色もかなり地味なものだった。だが生活感丸出しのパンティだからこそ、逆に興奮を煽られる。

さらに目をこらすと、中心部がぷっくりと盛りあがっているのも見えた。

パンティの底布部はきわどく食い込み、悩ましい内ももの付け根までが、モロに駿平の目に飛び込んでくる。

暑いからだろう、太ももはじっとりと汗ばんでいた。パンティの奥の蒸《む》れた匂いが鼻先に漂ってきそうだった。

たまらない……そう思ったとき、美枝子と視線が交錯《こうさく》した。

(しまった。長く見すぎた)

慌てて目をそらすが、もう遅かった。

怒られる、と覚悟する。

だが、不思議なことに美枝子はそのまま作業を続けている。

もしかしたら、いやらしい視線に気づかなかったとか？

いや、そんなことはないだろう。

女性というものは男のいやらしい視線には、かなり敏感なはずである。

でも……美枝子は何もなかったかのように手を動かしている。

駿平は美枝子の顔を見た。

彼女の顔は紅潮したままだった。恥ずかしそうにしていながら、膝を閉じようとしなかった。

間違いない。

わざと見せているのだ。

（どうして、僕に……）

駿平は美枝子に背を向けた。

股間がふくらんできて、テントを張ってしまったからだ。

（うわっ、まずいな……）

一度部屋から出て、位置を直そうと思っていたときだった。

「どうかした？」

背後で声がしたので、振り向いてギョッとした。

美枝子が間近に立っていたのもびっくりしたのだが、制服の胸元のボタンをふたつほど外してベージュのブラに包まれた白い胸の谷間を見せていたからだ。

すさまじいボリュームだった。

「あ、い、いえ……な、なんでもないですっ」

何も言えずにおどおどしていると、美枝子がさらに近づいてくる。

「この部屋、暑くて……今日はジメジメしてるわね」

「そ、そうですね」

と話していると、彼女はくっつくほどに近づいてきて、上目遣いに見あげてくる。

「松木くんって、いい匂いがするのね」

言うと、美枝子がふいに首筋に鼻先を近づけてきた。

（えええ？）

腋窩《えきか》に汗がにじむほど緊張していたから、おそらく発汗のいやな匂いがしていることだろう。

でも、美枝子はくんくんと嗅ぎながら、ウフフと含み笑いをする。

「若い子の汗の匂い……甘酸っぱいのよね。ウフフ。ウチの息子も同じような匂いをさせてるのよ。たまに部屋の中に入るとこんな匂いがしてる……」

タレ目がちの双眸が、さらに細くなる。

重たげな瞼が半分ほど閉じた、なんとも妖しげな目だ。瞳が潤んでいて熟女の色香がムンムンと漂ってくる。

「あ、あの……」

「松木くん……息子がアレをしたあとのような匂いがするわ……女の人のことを考えて、エッチなことをしたあとの匂いよ」

目が点になるほど刺激的なことを言われる。

いつもは優しい雰囲気の美枝子なのに、今目の前にいるのはまるで別人のような淫靡《いんび》な熟女だ。

(み、美枝子さん、ど、どうしちゃったんだろ)

廊下でぶつかったときは、いつも通り明るくて優しい人妻だった。

だが今は……。

まるで誘っているような目で、じっと見つめてくる。

三角巾をつけた地味な清掃用の制服だからこそ、胸元が開いているだけで露出度高めの服よりもエロく感じてしまう。

ハアハアと息が荒くなる。

美枝子は悩ましげな瞳で見あげてきながら、イタズラっぽい表情をつくる。

「ウフッ。どうしてかしらね。私のスカートの中や胸のあたりを覗いたせいで、ここがこうなっちゃったのなら、ちょっと怒った方がいいのかしらね」

「えっ！　あっ、いや……」

やっぱりだ。

間違いなく美枝子は誘っている。

からかっているだけかもしれないが、それにしては冗談がすぎる。

「み、見てしまったことは謝りますけど、だけど、美枝子さん……その……僕にワザと見せてきて……」

「ウフッ。でも、最初にじろじろ見てきたのは、松木くんの方よ。屈んで私のパンティを見ようとしたりして」

あっ、そこまでバレていたのか。

しゅんとすると、しかし、美枝子はうれしそうに微笑んだ。

「どうせ見るなら若い女の子の方がいいと思うけど……ねえ、こんな掃除のおばさんのパンティなんか眺めたって楽しくないでしょ？」

「そんなこと……ないですっ」

正直に言うと、美枝子は妖艶《ようえん》に口元をほころばせる。

「そうなんだ。じゃあ私のパンティを見て興奮した？　ハアハア言っているのが聞こえてきたような気がしたのよね。だから見せてあげたんだけど……もっと見たいなら、今度から下着をつけないでお仕事してみようかしら」

「えっ！　ええっ……？　そ、それはそのうれしいですけど……え、え？」

軽くパニックになった。

おかしい。

あきらかに、今日の美枝子はおかしい。

「ウフフ。じゃあ、約束ね。今度はあなたの前で、下着をつけないでお仕事してあげるわ」

駿平が困るのを楽しむように、美枝子は迫ってきている。

甘い女の匂いが鼻先をくすぐる。

香緒里や結菜とも違う、もっとずっと濃くて淫靡な匂いだ。

美枝子はその美貌を駿平の胸板に押しつけつつ、くんくんと首筋や腋窩も嗅ぎはじめる。

「松木くん、パンツの中、冷たくない？　オツユが出てるんでしょう？」

言い当てられて、カアッと胸が灼《や》ける。

もうだめだ。

こんな風に派手に迫られたらもう……。

「み、美枝子さん、あ、あの、僕……」

抱きしめようと手を伸ばした、そのとき。

ドンドンと部屋のドアがノックされて、駿平はギクッとした。

（な、なんだ……こんなときに……）

いい雰囲気だったが、同僚スタッフだったらまずいと思い、美枝子に目配せしてから、ドアのところまで行って開けてみた。

（は？）

立っていたのは、栗色のショートヘアに、大きくクリッとした黒目がちの瞳が特徴的な可愛らしい女性だった。

目はぱっちりしていて、薄ピンクの厚めの唇がやけにキュートだ。

着ているのはフィット感のあるサマーニットに、パンティが見えそうなほど丈の短いミニスカート。いかにもギャルという雰囲気である。

「あ、あの……どちらさま……」

駿平が訝しげな目で見ると彼女は、

「この部屋、なーんか妖しいのよねえ」

と、腕組みして、ずかずかと中に入ってくるのだった。

3

ギャルが二〇三号室の室内を隅々まで観察する様子を見ながら、駿平は首をかしげた。

「すぴりちゅある……なんだって？」

駿平が小声で尋ねると、隣にいる岩倉が小さな声で返してきた。

「スピリチュアルカウンセラーの見習いですって」

「何それ」

「だから、スピリチュアルのカウンセラーっすから、見えないものが視えたりするんすよ。いやー初めて見た。しかも、あの黒田美玲《くろだみれい》の弟子《でし》なんすから、すごすぎます。俺もあとで占ってもらおっと」

興奮しているのか、岩倉が充血した目をしている。

黒田美玲というのは、テレビや雑誌に引っ張りだこのスピリチュアルカウンセラーらしいが、駿平は知らなかった。

しかしまさか、岩倉がそこまでオカルト好きだとは思わなかった。

軽薄そうなナンパ男だが、意外な趣味があるもんだ。

（スピリチュアルねえ……イタコみたいなもんかな。違うか）

彼女の名は神木愛花《かみきあいか》。

「運気があがるホテル」と書いてあったブログを見つけて、本当に運気があがるのかを確かめたくて、このホテルに泊まりに来たのだそうだ。

だけど駿平は、どうもそういう霊能者的な人間にはうさんくささを感じてしまう。いやもちろん中には本物もいるんだろうけど、詐欺《さぎ》的な輩《やから》も多いと聞くので、岩倉のようには信じられないのだ。

「神木先生、どうすか？」

岩倉が神妙な顔つきで愛花に尋ねる。

(先生？)

駿平が訝しむような顔をしていたら、岩倉に横目で睨まれた。

愛花は一旦何か確認したように頷いて、スマホで何枚か写真を撮ってから部屋の出入り口に戻ってきた。

どう見ても渋谷にいそうなギャルにしか見えない。

(しかし……結構可愛いな。このルックスならテレビとかに出たら人気出そうだな)

大きくて形のよいアーモンドアイと小顔に、活発そうなショートヘアがよく似合っている。

雰囲気はボーイッシュでかなり若い感じもするが、首から下のスタイルのよさは女盛りという感じだ。二十代後半ぐらいだろうか。

サマーニットがぴったりと身体に張りついて、女性らしい丸みのあるボディラインがはっきりとわかる。

デコルテゾーンが大きく開いているから、色っぽい鎖骨《さこつ》も見えて、胸のふくらみもかなりの大きさだ。ブラで押さえてはいるのだろうが、ツンと上向いた乳房の形のよさが、ニット越しにも伝わってくるのだ。

さらに肉づきのいい太ももは健康的な色香を醸《かも》し出している。

有《あ》り体《てい》に言えば、男がそそられるタイプで、ついヤリたくなってしまうような小悪魔的な匂いを発している。可愛いギャルだけど、オカルト系というのはちょっと惜しい。

そんな風に邪《よこしま》な目で見ていると、彼女はじろりとこちらを向いた。

「この部屋には、淫気《いんき》があるような気がする」

愛花の発した言葉に、駿平は岩倉と顔を見合わせた。

「陰気？　陰気くさいの陰気ですか？」

岩倉が尋ねると愛花は首を振った。

「ううん。淫気。淫らな気よ。色情霊《しきじようれい》って聞いたことない？」

そう言われて岩倉は「へ？」と色めいた。

「それって、エロいことする霊でしたっけ」

「そう。そういう類《たぐい》がいる感じ。何かこう、部屋にいるとエッチな気分が高まるっていうか……この部屋以外にも感じるわね。特にこのフロアは淫気が強めよ」

岩倉が「へええ」と感心している。

駿平は淫気と聞いて「まさか？」と思った。

ルームメイク係の美枝子がなぜかこの部屋に入ったとたんに雰囲気が変わって迫ってきたし、人妻の香緒里に誘惑されたのもこの部屋だ。部屋は隣になるが二〇二号室に泊まった結菜ともセックスをしている。

（もしかして、これまでのことって、その淫気のおかげだったりして）

はっきりとはわからない。

だけど、愛花のこともまるっきりのヨタ話とも思えなくなり、少しだけ興味が湧いた。そもそも妙な噂のある二〇三号室を狙ってきたのだから、何かしら力を持っているのかもしれない。

「ちょっと他の場所も見てみたいんだけど、だめかしら」

愛花が見つめてくる。

その表情にドキッとした。

岩倉も同様に、鼻の下を伸ばしている。できればこういうオカルトチックな件ではなく、飲み会などで知り合いたかったなと思う。

「どうする？」

訊くと、岩倉がうーんと唸った。

「深夜だったらいいと思いますよ」

案の定、岩倉がＯＫを出した。

「夜ね。じゃあ、私があなたに声をかければいいかしら」

「ええ。でも……ぜひご案内したいんですけど、僕、今日の夜はシフトに入っていないんですよね。この松木さんをつけますんで、ぜひその色情霊とやらの正体を暴《あば》いてください」

さらに勝手なことを言われた。

「は？　いやいや、だめだよ。僕だって忙しいし。それに、こんなことがばれたら、上条さんに怒られるだろ」

「大丈夫ですよ。うまく丸め込んでおきますから。それに気になるでしょう、松木さんも。このホテルが妙な雰囲気だって」

「まあ、そりゃあ」

口ごもりつつ、横目で彼女の身体を盗み見てしまった。

こんな可愛いギャルの口から、

「エッチな霊がいる」

なんて聞かされたら、興味が湧くに決まっている。

「この際、運気も淫気も、先生に暴いてもらいましょうよ」

その夜。

駿平は愛花と一緒にホテル内をまわることになった。

といっても何を見せればいいかわからないので、適当にホテルの設備を案内するだけである。

(何か妙なことになったなあ)

とはいえだ。

屋上の階段を上る愛花を見あげれば、

(いいケツしてるなあ……)

思わず、スケベじじい的な感想を頭に浮かべてしまうくらい、彼女は魅力的だから、一緒に行動するのも悪くない。

ついついヒップや太ももを凝視《ぎようし》した。

生脚はシミひとつなく、ふくらはぎから太ももまでやたらと肉感的だ。

(お尻もいいボリューム感だなあ。張りつめてムチムチしてる。おおうっ、見えた……パンティっ!)

ショートパンツのわずかな隙間から薄いピンクのパンティがちらりと見えた。

見せていい下着かと思ったら、そんなことはなくて可愛らしい普通の下着だった。ギャルと可愛いパンティ。そのギャップはなかなか萌《も》える。

彼女は屋上に出るドアのところまで行くと、事前に渡していた鍵で解錠し、屋上にそのまま出た。

続いて駿平も外に出る。

深夜だが、ねっとりした生温かな潮風がまとわりついてくる。

星はまったく見えないから雲が厚いのだろう。

「なんか、崖の方からも妖しい気が流れてくるみたいだわ」

愛花が独り言のように言う。

「裏の崖はそんなに高くないし、自殺した人がいるって話も聞きませんが」

駿平の言葉に愛花は振り向いて答えた。

「別に自殺とか言ってないでしょ。妖しい気って言っただけよ。次を案内して」

「はあ」

しばらく一緒に行動をするうち、いつの間にか愛花の口調がぞんざいになってきた。

(まあでも可愛いからいいや。それほど気にならないし)

階段を降りながら駿平はふいに尋ねた。

「あの……失礼ですが、どうしてスピリチュアルカウンセラーになろうと？」

彼女は「そんなこと何百回も訊かれたわ」という顔をした。

「だって、子どもの頃から視えたんだもん。仕方ないでしょ」

「み、見えた？」

駿平が顔を曇らせたのを見て、愛花はムッとした。

「ホントなんだから。説明するのもかったるいけど、でもね、なんとなくわかったのよねー。変なもやもやが見えて。友達とかの危険も察知できたし」

こういう話は眉唾《まゆつば》だと思う。

だが彼女がウソをついているようには見えなかった。真面目な顔で、やれやれという風に話している。

「周りの人の危険を察知できて助けてあげられたのなら……よかったんじゃないですか」

「よくないよ」

愛花が睨んできた。

「そのせいで、おかしな子って思われたんだよね、私。友達の親に、あの子と遊んじゃだめとか言われてさ。結構子ども心に傷ついたんだよねえ。だから何かが視えても言わないようにしてた」

「なるほど……そうか、それは大変ですねえ」

見えてしまうのも面倒なんだな。

「まあ、私だって自分のこと気持ち悪いと思うからね。でもさあ、やっぱり大人になってもまだ朧気《おぼろげ》に視えるのよ。で、どうしようかと思ったら、イベントで偶然に黒田さんと出会って。あなた、視えるでしょう？　って、いきなり言われてびっくりしたわけよ。それからは、まあ成り行きでね」

愛花は深々とため息をついた。

どうも最初の印象とはだいぶ違うなあと駿平は思った。

こんな派手な格好だし、言葉遣いもぞんざいだから、どっかのニセモノが悪ふざけで泊まりに来たと思っていた。

しかし、愛花の目は真剣だ。

（ホントに見えてたりして……）

色情霊なんかいるのなら、見てみたいと思う。

幽霊は怖いが、エロい霊なら話は別だ。

4

「ん？　ここ……妖しいかも」

一階の廊下を歩いているとき、大浴場に隣接しているリラクゼーションルームの前で愛花が足を止めた。

夜の十時まで宿泊客用にマッサージを行っているが、それ以降は営業していないから鍵がかかっている。

「この部屋から強い気が出てるような……見せてもらいたいんだけど」

愛花が目を細めて言う。

「じゃあ鍵を借りてきますから」

そう言って駿平はすぐにフロントに行き、部屋の鍵を持って戻ってきた。

ドアを開けて電気をつける。

施術用のベッドがふたつだけの、こぢんまりした部屋である。

「特に変わった様子は……ん？」

愛花に話しかけると、彼女は今までとは違って、ぼうっと霞《かすみ》がかった瞳で宙を見あげていた。

(なんだ……？)

駿平も愛花が見ている方に目を向ける。

が、そこには壁があるだけで、特に何かが見えるというわけでもない。

そのとき、愛花が急に言葉を発した。

「……わかった」

「え？」

何がわかったというのか。

ふいに愛花を見ると、目の下がねっとりと赤らみ、ハアハアと薄ピンクの唇から吐息が漏れている。

そういえば昼間の美枝子もこんな様子だった。

(な、なんか色っぽいな……なんなんだいきなり……)

思わず唾を呑み込んで、愛花の様子をうかがっていると、

「ああ……やばいわ、これ……」

愛花が妖しげな笑みを浮かべる。

駿平は思わず息を止めて、目を見開いた。

それくらい急に色っぽい表情に変わったのだ。

（ま、まさか……）

この子も淫気に当てられたんじゃないだろうな。

訝しんでいると、彼女は複雑な表情をして迫ってきた。

「ねえ、松木さん……あなた、どうして平気なの？」

「へ？　何がです？」

駿平が戸惑いつつそう返すと、愛花はふらっと近づいてきて、サマーニットとショーパンという格好のまま、身体をすり寄せてくる。

「えっ？　ちょっと、あの……神木さん」

「愛花って呼んで」

そう言いながらぴたりと身体をくっつけてきた。

おっぱいの柔らかな感触と、フルーティなギャルの甘い体臭に、駿平の股間は一気に硬くなっていく。

「松木さん、本当はあなた、霊感があるでしょ？」

とろんとした目で見つめられると、思わず顔をそらしてしまう。

「そ、そんなのないですよ。子どもの頃から、まるでそういうものには疎《うと》いし、そもそも怖がりですから……」

「いや、あなたも何か持ってるわ。で、このホテルには昔から色情霊が眠っていたんだけど、霊感のあるあなたが赴任してきたことで、その淫気が解放された」

「は？　僕？」

「そう。だからね、このホテルはあなたが来たことで恋愛の運気があがるホテルから、女性の淫気があがるホテルに変わったわけ。最近、そういうことなかった？」

言われなくても、わかっていた。

そうか、だから立て続けにあんな美味しい思いをしたってわけか。

「な、なんとなく……ありましたけど……」

正直に言うと、愛花はやっぱり、という顔をした。

「でしょうね。しかもかなり強力なヤツよ。特に、その……欲求不満とか男と別れてしばらくエッチしてないとか、そういう女性には効果てきめん……」

完璧に当たっていたので驚いた。

香緒里の場合は旦那の浮気があって、夫婦生活がご無沙汰だった。

結菜もそうだ。拘束プレイを仕込んだ男と別れてから、誰とも付き合っていなかった。

（な、なるほど……寝取って欲しいとか縛って欲しいとか、過激だなあと思っていたけど、欲求不満が助長されていたわけか）

　そう納得したときだった。

　愛花にギュッと抱きつかれて、駿平は慌てた。

「神木さ……いや、あ、愛花さん……？」

「ウフフ……松木さんの下の名前、教えて？」

「へ？　しゅ、駿平ですけど」

「駿平って、かわいいねっ。いくつ？」

　様子がおかしい。

　あきらかにおかしい。

「ど、どうしたんですか？　二十六ですけど」

「私の一個上なんだ。でも……私と同じように持ってるなんて……私ね、付き合った男に気持ち悪がられて、いつもすぐに別れちゃうの。だから……最近全然してなくて……」

　突然の告白に駿平はハッとした。

（やっぱり……愛花さんも淫気に当てられてる……）

とろんとした目は、そうとしか思えない。

「愛花さんも、よっ、欲求不満……？」

彼女がむくれた。

「失礼ね。欲求不満だなんて。まあそうだけどさ……やば、なんか身体が熱い……」

愛花が悩ましい笑みを浮かべ、じっと見つめてきた。

どうやら本人も、淫気のせいで身体が欲しがりはじめているのを自覚したらしい。

それにしても、なんでこの部屋で淫気が……と思っていたが、ふいにこの真上は二〇三号室ではなかったかと思い当たった。

（そうだ。きっと……あの部屋の真下だ……）

駿平は慌てた。

「ま、まずいですよ……」

かなり可愛いギャルである。

このままシタい気持ちもあるが、ラッキーの秘密がわかったからといって、その力を借りてエッチするみたいで、ちょっと気が引ける。

「なあによ……ねえ、私って結構可愛いと思わない？　何か自分の身体がおかしくなってるのはわかるんだけどさ。でも駿平なら、いいよ」

愛花は両手で駿平の頬を挟むと、抱きつくようにして唇を重ねてきた。

「うぅんっ……ちゅっ……」

「ンッ！」

ここまでされたら、もう止まらなかった。

理性が一気に弾け飛んで、こちらからも唇を貪《むさぼ》るように荒々しいキスをした。

「んっぅ……ちゅっ……ううんっ……あんっ、やだ……そんなエッチなキス……あんっ……んんうっ」

愛花が悩ましい鼻声を漏らしてくる。

（さすがに、少しはうまくなってきたかな……）

ホテル内の淫気のおかげで立て続けにおいしい思いをし、それに伴って女性にも慣れてきた気がする。

「んっ……あぁふぅ……んんぅっ」

生温かい呼気と唾液を送ると、愛花は切なげに鼻を鳴らして眉間に悩ましげな縦ジワを刻んだ。

彼女もうっとりしながら、ねちゃねちゃと舌をからめてきた。

（唾も唇も、体臭もすごく甘ったるい。もうこれ、恋人同士みたいなキスじゃないかっ……ど、どうしよう）

葛藤はまだある。

だが、可愛いギャルとベロチューしていると、この子とセックスができるなら、淫気でも何でも利用してしまえ、という邪《よこしま》な気持ちが湧いてくる。

「んんっ……んちゅう……んはっ」

息苦しくなって唇を離す。

愛花のグロスを塗った薄ピンクの唇が唾液で濡れている。双眸もなんだか妙に悩ましい。

キスだけじゃなく、もっとしたい。

だけど駿平は、それでも必死に首を横に振った。

「や、やっぱり……だめですって」

「ウフフッ、何が？　ここをこんなに大きくしてるくせに。何がだめなのよ」

愛花の手が、すりすりとズボン越しに股間のふくらみを撫でてくる。さらに彼女は慣れた手つきで駿平のベルトを外しはじめた。

「え……いやっ、待って。ちょ、ちょっと……」

狼狽《うろた》える間もなくズボンと下着を下ろされる。

硬くなった肉棒が、勢いよく飛び出した。

「あんっ……もうこんなに硬くして……」

彼女は足元にしゃがむと、悩ましい上目遣いを見せてくる。

（くうう。な、慣れてるな……）

二十五歳の濃厚な色香がムンムンと漂い、鼻先をくすぐってくる。その匂いが剝き出しの性器をさらに硬くした。

「ウフッ……元気……結構大きいし……」

愛花はねっとりした目つきで、駿平の肉竿の根元をつかみ、おもむろにチュッと表皮に唇をつけてきた。

「うっ！」

まさか、という行動に頭が完全に痺《しび》れた。

今日出会ったばかりだというのに、なんという大胆さなのか。キスしてくるだけでも驚きなのに、まさか男性器をいきなり舐めてくれるとは思わなかったのだ。

電流のようなものが背筋を走り、全身が硬直して爪先が伸びきった。

愛花は根元を握りながら、目を細めてクスッと笑う。

「……しょっぱいね。あんっ、もうオツユが……」

見れば、鈴口から透明なガマン汁が噴きこぼれて、愛花のネイルを施した細い指を汚している。

「くうう……いきなり舐めるなんて」

駿平の理性そのものが、愛花に舐められてとろけていくようだった。出会って間もないのに、こんなことをされるなんて……。

驚いていると、愛花はクスッと笑った。

「だってさあ。もう身体が熱くて、ジンジンしちゃってるんだもん」

彼女は甘えるように言うと、ゆっくりと口を開き、亀頭に濡れた唇を被せてきた。

「うっく！」

駿平はあまりの気持ちよさに天井を見あげた。

（し、信じられない）

もたらされる快楽に、うっとりして目をつむりたくなる。

しかし、それすらもガマンして足元の愛花を見おろす。

リップグロスを塗った、薄ピンク色のぷるんとした唇が、自分の勃起の表皮を滑っていく。

ショートヘアの似合う可愛いギャルが、ニットからおっぱいの谷間を覗かせながら、ゆったりと顔を打ち振って丹念に肉棒をおしゃぶりしてくれる。

（う、うまいなっ。き、気持ちいいっ）

愛花は勃起をつかみ、グッと奥まで口に含んでいく。そうして、スローピッチで顔を前後に動かしはじめた。

「んふ……んんっ……ンンッ……」

ジュルルルル……。

と、涎《よだれ》をあふれさせながら表皮を滑りつつ、唇で優しく搾ってくる。

「うう、ま、待ってくださいっ……」

ハアハアと荒い息を漏らしながら伝えると、愛花はくりっとした目で見あげてきて、勃起を口から離した。

「どうしたの？　痛かった？」

「い、いや、違うんです。もう出てしまいそうだったから、それで……」

駿平は愛花の腕をつかんで立たせると、そのまま施術用のベッドに押し倒した。

「えっ……？　あんっ……んんっ……」

抱きしめてむしゃぶりつくようにキスをすると、愛花も最初は驚いていたものの、すぐに舌を激しくからめてきた。

ディープキスをしながら、駿平は夢中で愛花の胸をまさぐりつつ、ニットをめくりあげる。

ピンクのブラジャーに包まれた豊かなふくらみを揉んでいくと、早くもうわずった声で愛花が喘《あえ》ぎはじめる。

「あ、あん、んんっ」

その表情を見ながら、乱暴に大きなブラカップをめくりあげると、白磁のような乳白色のふたつのふくらみが、ぷるん、とまろび出た。

頂《いただき》には、大きめの薄ピンクの乳輪が広がっている。

可愛らしい小ぶりのおっぱいだが、しっかりと男の手に収まるようなちょうどいいサイズだ。

唾液まみれの舌で、硬くしこっている乳首をねろっと舐め、さらには唇をすぼ

めて、チューッときつく吸い立ててやると、

「ン、ンンンッ！」

愛花が腕の中で背中を大きくしならせ、恥ずかしそうに首を振った。

「はあん！　ああン……だめえ」

愛撫に翻弄《ほんろう》された愛花が、うっとりした目を向けてくる。

「もう……た、たまりませんよ……」

うわずった声で言いながら、右手を愛花の股間に伸ばしていく。

ショートパンツのフラップボタンを外し、ファスナーを下ろして脱がせると、可愛らしいローズピンクのパンティに包まれた下半身が露《あら》わになった。

（んほっ……エロいっ）

右手をパンティのクロッチの上からなぞるように動かすと、淫靡な熱気とともに指先に湿り気を感じた。

柔らかく、クニュッとした肉溝の感触。

それを味わうように、股間を上下になぞりあげると、

「んぅ……あっ……」

愛花の下半身がくねり、腰が前後に動きはじめる。

こするたび、いよいよパンティに楕円《だえん》のシミが広がって、ムンとした匂いが鼻《び》腔《くう》をついてくる。

愛花の腰の動きが、もどかしそうになっていく。

「シミがすごいですよ」

言葉で煽ると、ギャルはショートヘアを振り乱すように顔を振る。

「い、いや……だって、だって……私、ヤバいもん……久しぶりだし、あなた慣れているし」

ハアハアと荒い息を漏らす愛花は瞳を潤ませ、もう欲しいと訴えていた。

駿平は夢中になってパンティを剝がし、引き下ろしていく。

「ああ……」

下腹部を剝き出しにされた愛花が羞恥の声を漏らす。

もっと恥ずかしがらせたいと、強引に片脚を持ちあげて、肩に担ぐようにしながら女のワレ目に顔を近づける。

(おっ、キレイなアソコだ……)

女性器は小ぶりだった。結菜と同じくらいのサイズだ。

うっすら開いた亀裂はすでに愛液でぐっしょり濡れて、ぬめぬめと照り光っている。獣じみたツーンとする性臭がたまらない。

劣情のままに、濡れた亀裂に舌を這わせて舐めあげる。

「あっ……くっ……くぅぅ！」

愛花は抑えきれない喘ぎ声をこぼして、ガマンできないというように尻をじりじりと揺らめかせた。

（ようし。もっとだ、もっと感じさせてやるぞ）

舌をすぼめて、女肉の上部の陰核《いんかく》を軽くつついた。

「あっ……！」

愛花の腰がビクッと大きく震え、背中がキュッとのけぞった。

「あっ、ああ、ああッ」

舐めれば舐めるほど、ギャルの身悶えが大きくなっていく。

手を伸ばして、硬くなった薄ピンクの乳房のトップを可愛がりつつ、クリトリスをチュッと吸ったり舐めたりすると、いよいよ甘い性臭が濃くなっていく。

（おお、またあふれてきたぞ……愛花さんの愛液……）

熱くて粘り気のある、ねっとりした愛液だった。

酸味の強い濃い味を舌先に感じながら、愛花の奥を舌でほじくっていく。

すると彼女は自分から下腹部をすり寄せてきて、

「ねえ、ねえ……」

と、せがむように見つめてきた。

生意気そうなギャルが、今は媚びるような表情をつくっている。

「もう欲しいんですね」

こちらももう、ガマンできなかった。

「……して。お願い、入れて欲しい」

ぱっちりした目で哀願されては、もうだめだった。

ショートヘアの可愛いギャルを組み敷いて、濡れそぼるスリットに腰を押しつける。

切っ先が嵌まり、膣穴を広げるように亀頭をねじ入れていく。

入り口のキツい部分を突破すれば、あとは濡れきった襞が、まるで中に引きずり込むようにざわめいて、勃起がぬるんっ、と奥まで嵌まっていく。

「ぁあああぁ……！」

施術ベッドの上で愛花がのけぞり、腕をつかんできた。

奥まで貫かれたのが衝撃なのか、白い喉をさらけ出すほど顎をせりあげ、きりきりと身体を強張らせている。

（狭くて、すげえ気持ちいい……中は、とろとろだ……）

一気にストロークを開始しようとした、そのときだった。

リラクゼーションルームのドアが、コンコンとノックされた。

駿平と愛花のふたりはハッとして、ドアの方に目を向けた。

5

「誰かいるの？」

ドアの外から声が聞こえ、ふたりはハッとして息をひそめた。

（こ、この声……玲子さんだ！）

そういえば、深夜帯もホテル内を見まわると言っていた。ドアから明かりが漏れているのが見えたのだろう。

駿平は頭をフル回転させた。

ドアは鍵がかかっていない。今、入ってこられたらお終いだ。とにかく入ってこないようにしなければ。

「す、すみません……ちょっと着替えてるんで」

「はあ？　なんでこんなところで。控え室を使えばいいじゃないの」

「そ、それが……掃除したついでに、着替えようと思ったんです。今、出ますから」

我ながらひどい言い訳だと思うが、しょうがなかった。

「そのままでいいわ。それより、せっかくだからちょっと聞いてくれる？　あなたが提案した女性向けの企画、採用してもいいかなと思って」

「え？　あっ、はあ……」

今そんな話をするか、と思っていたときだ。

（うっ……！　し、締めつけがキツい……え？）

見れば愛花の目の下が赤く染まり、口元を押さえてハアハアと大きく呼吸を乱している。

可愛いギャルは妖しい被虐性をムンムンと振りまき、つらそうに眉をひそめて組み敷かれていた。

（な、なんだ？　急に色っぽくなって……もしかして、このスリルに興奮してるのか？）

「だめですよ、バレたら大変なことに」

愛花の耳元でささやくと、愛花も小声で返してきた。

「だって……もし見られたらって思うと、ゾクゾクしちゃうんだもん」

とんでもないことを言っている。

抜こうと思ったのに、彼女がギュッと抱きついてきて、離してくれない。

「な、何を考えてるんですか。まずいでしょ、こんな場面」

だめだと言っているのに、キュッ、キュッと根元から強い力で肉竿を締めつけられる。

本気でこのスリルを楽しんでいるようだ。

「うっ……キツッ……だめですって……」

と言いつつも、駿平も心臓をバクバクさせていた。バレそうだというスリルの中でするセックスはまた一段と甘美である。

駿平が、ゆっくりとピストンを開始すると、

「あっ、ダメッ……ン」

愛花がじわっと涙目になって、ビクッとした。

(やばい。これは興奮するな……)

心臓を高鳴らせながら怒張をじわりじわりと出し入れすると、粘膜と粘膜がこ

すれる感覚が今まで以上にしっかり伝わってきて、興奮してしまう。
さらに奥まで先端を届かせると、
「うう、お、おっき……だめっ……私、こ、声が……」
愛花は自分の口を両手で塞《ふさ》ぎ、漏れ出す喘ぎ声をなんとかこらえようとしている。
そうでなければ、もう甘い声が外の玲子に聞こえていただろう。
「で、具体的な提案なんだけど……」
ドアの外では、まだ玲子の話が続いている。
申し訳ないがもう、何も耳に入ってこなかった。
バレたらやばい。客とセックスしているなんて、もう終わりだ。
そんな破滅的な危うさが、恐ろしいまでにセックスの快感を高めてくれる。
愛花も同じ気持ちらしい。
突かれるたびに奥から花蜜をどっと分泌《ぶんぴつ》して、ぬちゃ、ぬちゃ、と音を立てる。
（くうう、これ……気持ちよすぎるっ）
愛花を見れば、もう泣きそうな表情で必死に口元を押さえている。

（ああ、そんな顔を見せられたら……）

逆に燃えてしまうではないかと、さらに駿平はチンポをねじこんだ。

「う！　ううんっ」

愛花はいやいやしながらも、腰を何度もくねらせている。

ドアの向こうで玲子が不審そうな声をあげてきた。

「松木くん、聞いてる？」

「き、聞いてます。ちょっと着替えながらなんで……」

そう言いつつも、駿平は愛花のバストに指を食い込ませて揉みしだき、さらに乳首を指でつねってやる。

「あっ……う、うう……だ、だめっ……」

愛花の身体は熱く火照って、発情の汗が迸《ほとばし》っていた。

ヨガリ声をガマンすることが、快楽の痺れを高めてしまっているようだった。

もっと感じさせたいと、駿平は挿入の角度を変える。

と、それがよかったのか、愛花がグーンと背中をのけぞらせる。

「そんな……だめっ……だめっ……その角度……私……」

駿平の腕をギュッと握り、すがるような目で見あげてきたその瞬間、急に愛花の身体がガクンガクンと震えた。

「イ、イクッ……！」

白いヒップが淫らにブルブルと打ち震えた。

驚いて、駿平は愛花を見る。

ショートヘアの可愛いギャルは恥ずかしそうに目をつむっている。

（まさか……人が近くにいるのにアクメするなんて……）

とんでもない性癖だなと思ったが、こちらも十分に昂ぶっているから、人のことは言えない。さらに突き入れると愛花が顔を歪ませる。

「ああ……ゆ、許して……私、イッたわ、ああん、イッたのに……」

だがそんな言葉とは裏腹に、蜜が奥からどんどんあふれ出てくる。

もう止まらなかった。

「か、上条さんっ。着替えたら、すぐに戻りますから。詳しいことはそのときに……」

ドアの外に向かって言うと「わかったわ」という言葉が聞こえてきた。

しばらくして、気配がなくなったような気がした。

もう聞かれていてもいいやという気持ちで、グイグイと正常位で愛花の中に突き入れる。

「ああンッ！」

それが気持ちよかったようで、愛花はアクメしたばかりの身体を震わせて大きく喘いだ。彼女もリミッターが外れたようだ。

もうガマンしたくないと、ねっとりしたピストンをやめて、今度は思いきり突き入れた。

「ああん、は、激し……ああん、だめっ……私、またっイクッ……ああん、いやっ……続けてイクなんてっ」

愛花はそう叫びつつ、今まで以上に強く腰をグラインドさせてきた。

「そんなことしたら……くうう、ぼ、僕もたまりませんよ。イキそうだ」

叫ぶと、愛花はニコッとした。

ショートヘアの似合う、くりっとした目の可愛いギャル。

しかもスタイル抜群で……そんな最高の女性とエッチできるなんて、どんな霊か知らないが、もう感謝しかない。

「ああん、だめっ、そんな、ああん、おかしくなるっ、いやっ、いやああ」

「おかしくなってください。僕も、もう……」

ぐりぐりと腰がまわされる。

甘い疼《うず》きが背筋を駆けのぼってきた。

下腹部が燃えるように熱くなる。うっすらとした痺れが全身を支配して、真っ白い世界が目の前に現れた。

「ぐっ！　で、出るっ」

「アッ……！　イクッ……ああんっ、イッちゃう……」

愛花の二度目のアクメと、放出はほぼ同時だった。

慌てて腰を引いた駿平は、ビクンビクンと震えている愛花の腹から胸に、ビュッ、ビュッと白くて粘っこい体液を放出した。

乳白色のスペルマを全身に浴びて、ハアハアと荒い息をあげている可愛いギャルを見ていると、続けて二発目に突入したい欲求にかられてしまう。

「ああ……やばい……私も、淫気があがっちゃったかな」

愛花はまるで憑《つ》き物《もの》が落ちたような、すっきりした顔を見せてきた。

「す、すみません……僕も……それに乗っかっちゃったみたいで」

「いいの。別に……気持ちよかったから……久しぶりだったし……それより、さっきドアの向こうから声をかけてきた人だけど……」

そこまで言って、愛花は少しイタズラっぽい笑みを浮かべた。

「あの人も寂しいみたいよ。なんとなく、気でわかるの」

「へ？　いや……あの人はそんなことないと思いますよ。仕事一筋で真面目な女性ですから」

「そんなことないわ。それにあなたも気になってるんでしょ。あの人のこと」

「え？　い、いやそんなこと……」

ズバリ言い当てられて、駿平はちょっと狼狽えた。否定しようとしたが、ここまで言い当てられたのなら観念するしかない。

「どうしてわかるんですか？」

「だから視えるのよ。あの人が寂しいってことも、あなたがあの人のことを好きだってことも」

そうなのか。

玲子は寂しいのか……。

もしそれが本当ならば、自分にもチャンスが巡ってくるかも……。

（すみません、色情霊さん。なんとか玲子さんともエッチを……）

人間、うまくいきすぎると欲が出るものである。

第四章　色っぽい四十路の未亡人

1

「そういう話は、金輪際《こんりんざい》しないでください！　まったく……」

腕組みした玲子に冷たく言われて、支配人の森は縮こまり、経理担当の後藤もバツの悪そうな顔をした。

スタッフルームでのミーティング前である。

玲子が神木愛花の話を聞きつけたのは、岩倉のせいであった。

岩倉が愛花の「淫気のあがる色情霊」のことを真に受けて、通販で魔除けグッズを買ったのだ。

それだけならまだいい。

しかも、こっそりとホテルの各部屋にそれを貼ろうとしたというから、玲子が怒り出すのも無理はないだろう。

「このホテルが一部で話題になっているのは知ってます。女性客が増えているのもいいことですよ。だから、松木くんの意見も取り入れようと思ったわけです。でも、こんなオカルト話を真に受けて、祈禱師《きとうし》みたいな人を呼ぶなんて、どうかしてます」

玲子がお札《ふだ》を手に、ひらひらさせる。

それにしても最近の通販はいろんなものを売ってるんだなあと、妙なところで感心してしまう。

ちなみに愛花は、

「まあ淫気があがるっていっても、あなたに対してだけっぽいし。実害はないから放っておいてもいいんじゃない？」

と、至ってドライな対応で、満足げに帰っていった。

だから黙っているつもりだったのだが、その色情霊の話をべらべらと他の人に話しまくって、しかも真剣に除霊しようとしたのが岩倉というわけだ。

なんとも迷惑な男である。

「色情霊だかなんだか知らんけど、その昔に警察が来たのはホンマのことなんで、まあ調べてもらうくらいはええかなと思って許可したんですわ」

森が玲子をなだめるように言う。

彼女はじろりと支配人を睨みつけた。

「あれは、たまたま……自殺した女性が数日前に泊まっていたってだけで、このホテルとは全く関係ない話でしょう。いいですか、色情霊だか地縛霊だか知らないですけど、もうそういう類いの話は一切口にしないでください」

玲子がぴしゃりと言いきった。

そこまで怒らなくてもなあと思っていたが、ホテルの部屋の見えない場所に得《え》体《たい》のしれないお札を貼られそうになったのだから、怒るのも当然という気がしないでもない。

（それにしても……色情霊に、淫気かあ……）

まだ半信半疑だが、確かにそれならこのところの妙なラッキーは、それですべて説明がつく。

霊がいるといっても、そのおかげで自分は美味しい思いをしているわけだし、そのお相手もなんだかさっぱりした顔で帰っていくので、どうにも悪いことをしているような感覚でもない。

しかも運気があがると噂されてホテルが繁盛《はんじょう》するなら、色情霊にはずっといて欲しいくらいである。

そのとき、ふいに思ったのだが……。

《玲子さんには効かないのかな？》

ということである。

今までの話を総合すると、

「セックスレス、もしくはご無沙汰で欲求不満な女性」

「二〇三号室から漂ってくる淫気に当てられた女性」

に変化が起こりやすいらしい。

玲子はどうだ。

独身で寂しいらしいから、十分に可能性はあるじゃないか。

（でもなあ……玲子さんだけは、そういうオカルト的な力を借りずに、イチャラブしたいんだけど）

玲子がなぜかじろりとこちらを睨んでいる。

邪念がバレたのかと、駿平は肝《きも》を冷やした。

2

深夜。

ここのところ、夜になると何かしらツキがあるなあとニタニタしていると、玲子がフロントにやってきて指でつつかれた。

「なあにニタニタしてるのよ？　二〇三号室、ちょっと一緒に来てくれないかしら？」

「は？」

いきなり言われて駿平は首をかしげた。

「だって。その部屋が元凶《げんきょう》なんでしょう？　ちょっと見ておきたいのよ」

「あの……、どうして僕も……？」

「……取《と》り憑《つ》かれたらいやじゃないの」

たっぷり三秒は、目をパチパチしていたと思う。

「は？　え？」

訊き返すと、彼女は珍しく顔を赤らめて、

「早く」

と急《せ》かす。

(なんだ、今の台詞は？　玲子さんもそういう類いはいやなのか)

本当に面白い人だと思う。

高飛車で冷たいのに、怖いくらいに美人で。

一見すると隙がないように思えるけど、一皮剝《む》けば意外にドジで優しいところもあるし、こんな風に可愛い部分がいっぱいある。

「どうしたのかしら？　何かいいことでもあった？」

歩きながら、玲子が訊いてきた。

駿平は慌てた。

「い、いえ……」

あなたのことを考えてた、などと言えるわけがない。

「……ねえ、松木くんは東京に戻りたいと思ってる？」

「え？」

彼女は真剣なまなざしだ。

だとしたら、こちらも真面目に答えようと思った。

「正直、最初は思ってましたね。田舎でなんにもないし」

「ホントに正直ね、キミって」

玲子が呆れた顔をする。

「で、今はどうなのよ」

「今は……今はわかりません。だけど、職場の人たちは親切だし、のんびりしてるし……ここもいいかなって思っています」

あなたもいるし、とはさすがに本人を目の前にしては言えなかった。

勤務中に口説いていると思われたら、アウトである。

「そうなんだ。私は、いて欲しいと思ってるわよ」

玲子があっさり言う。

「はあ……えっ⁉」

意外な言葉に駿平は目を剝いた。

すると、玲子は少し慌てたような顔をして首を振る。

「ち、違うわよ。誤解しないで。キミがいることで、このホテルに活気が出てきたっていうか。最初はちゃらんぽらんそうに見えたけど、意外にいろいろアイディアも出すし、根は真面目そうだし。少し見直した」

驚いた。

玲子がそんな風に思っていたとは、想像もしなかったからだ。

「そ、それは……買いかぶりすぎですよ」

「そうかもね。だけど前に言った、スタッフを庇った話」

「はい」

「あれね。ホテルマンとしては失格だけど、人としては間違ってないと思うし、私はキライじゃないから」

そんな風に言ってもらえたのは初めてだった。

「ありがとうございます」

素直にお礼を言うと、玲子は前を向いた。

「……ホテルマンとして失格なのは変わってないから。それだけは忘れないでよね」

なんだか照れているみたいだ。

（いい雰囲気じゃないか）

少し浮かれていると、玲子がじろっと睨んだので神妙な顔をした。

二〇三号室はいつもどおり、特別に変わったところもないシングルルームである。今日は平日で満室にならなかったので、この部屋は空室にしておいたのだ。

「他の部屋と何も違わないわよねえ」

玲子は中に入って、室内をぐるりと見渡した。

「その……なんだっけ、カウンセラーの人は、ここで淫気がどうとか……言ってたんでしょ？」

玲子が振り向かずに声をかけてくる。

「はあ……色情霊がいるとかって」

本来ならば眉唾ものである。

しかし、現にこの部屋に宿泊した香緒里とセックスをしたし、隣の部屋に泊まった結菜とも拘束プレイを堪能した。その上、ルームメイクの美熟女・美枝子に迫られ、リラクゼーションルームでも愛花に誘惑されて事に及んだ。

実例があるから、やはり何かはあるのだろう。

玲子は怒っていたわりに、意外ときちんと部屋の隅々を確認していた。やはり気になることは放っておけない性格のようである。

だが、見ていてふと思った。

（今この部屋にいる玲子さんには効かないのかな？）

どうも美枝子や愛花のように、雰囲気の変わる気配がない。

（おかしいな、色情霊、どうしちゃったんだよ？）

なんとかしてものにしたいけどなあと、改めて玲子を見る。

彫りが深くて端正な顔立ちだ。神々しいほどの美人である。

タイトめのジャケットの胸元は大きくせり出し、ミニのタイトスカートから伸びた脚はすらりとしている。

三十五歳とは思えぬ若々しさと、グラマーなボディ。

やはり素敵だと、惚れ惚れしていたときだった。

「東京って、面白いのかしら」

彼女が近寄ってきて、急に変なことを言い出した。

「行ったことないんですか？」

「ないわよ。大学もこっちだし。ずっと地元」

「へえ」

彼女には都会的な匂いもしたから意外だった。

「何よ。まるで東京に行かないといけないみたいな返事ね」

「そんなことありませんよ。でも行ったことない人は珍しいかなと思って」

何気なく言ったつもりだった。

だが、彼女は哀しげな顔を見せてきたから、どうしたんだろうと心配になる。

「東京って嫌なのよね」

玲子がぽつりと言った。

「あのね、昔付き合ってた人が、私よりも仕事を取って東京に行っちゃって。その人と別れてから、苦手なのよね、東京って」

いきなりプライベートなことを話されて、驚いた。

栗原が言っていた話はどうやら本当だったようだ。

「そう……だったんですか」

「私ね、だから最初は松木くんのこと、嫌いだったのよ」

「……わかってましたよ、なんとなく」

「ごめんね。でも今は……」

彼女が、すっと寄ってきた。

（ん？　なんか……変だな……）

玲子の目が、尋常でないほど潤んでいる。

厚ぼったくてセクシーな唇が濡れている。

雰囲気がやけに妖艶だった。

「ホントは私、こんな風に仕事ばかりの女じゃなかったのよ。家庭に入って旦那さんを待ってご飯をつくって……」

玲子が甘えた表情を見せてきた。

（き、きた！　ついに……玲子さんも……）

やはりだ。

玲子は寂しかったんだ。淫気に当てられてしまったのだろう。

思わず彼女の身体を盗み見てしまう。

と、いつの間にか白いブラウスのボタンがふたつほど外されていて、胸元から白い胸の谷間が大きく露わになっていた。

鼻の下を伸ばしていたのだろう。玲子はウフフと妖しげに微笑んだ。

「ホント、エッチね、松木くんって。見てたんでしょう」

玲子が目を細める。

いつものエロハプニングだ。高揚しつつも、

「み、見てません」

と言い訳してしまう。

「ふーん、往生際が悪いのね」

玲子はさらに身を寄せてくる。

おっぱいは見た目以上に重量感があって、かなり柔らかい。

それを押しつけながら、ウフフとイタズラっぽい笑みを見せてくる。完全に今までの玲子とは違う。

「じゃあ、今日の私のブラの色、何色かしら」

「え？」

想像すらしなかった台詞だったので、一瞬固まってしまった。

真面目な玲子の口から、こんなきわどい言葉が飛び出してきて、駿平の心臓はバクバクと音を立てている。

「ウフフ……ホントは見たからわかってるんでしょう？」

潤んだ瞳が色っぽくて、吸い込まれそうだった。

（こ、これはいける……でも……）

ふと、これでいいんだろうかと駿平は葛藤した。

玲子とは、対等に恋愛したかった。

お互いが好きだと確かめ合って、その上で身体を交わしたかった。今までの女性とは違う感覚が芽生えていた。

「どうしたの？」
玲子の表情がとろけていた。
（だ、だめだ……だめなんだけど……）
駿平は本能的に玲子の腰に手をまわしてしまっていた。
彼女の甘い呼気が首筋にかかる。
もう限界だった。
正気でない玲子でもいいから、身体を交わしたい。
「上条さん……玲子さんッ……」
顔を寄せて、唇を近づける。
そのときだった。
ドンッ、と力一杯胸を突かれて、駿平はハッとなった。
玲子も同じように驚いた顔をしてから、恥ずかしそうに首を振る。
「ご……ごめんなさいっ……なんか……私……」
玲子はこちらを振り返ろうともせず、足早に部屋を出ていってしまう。
（あれ？　えーと……）
初めてのパターンで頭がパニックになっていた。

淫気があがったら、誰でもセックスしたくなるんじゃないのかよ……。

そんなうまい話ではなかったのだろうか。

なんなんだよ、これ……なんで玲子さんのときだけ……。駿平は色情霊に文句を言いたい気分だった。

3

（うまくいかないもんだなあ……）

フロント業務をこなしながらも、気がつけば仏頂面《ぶっちょうづら》になっていた。

途中までは、玲子もその気になっていた。それはあの誘惑するような言動から も間違いないだろう。

だが今までと違って、いきなり夢から醒めたように、玲子が正気に戻ってしまったのだ。

淫気があがる効力が弱まったのか。

それとも、体質的に玲子には効かないのか。

いずれにせよ、千載一遇《せんざいいちぐう》のチャンスを逃したショックは大きかった。もし本当に色情霊なるものがいるのなら、問い質したいくらい口惜しい。

それにしても……だ。

《ご、……ごめんなさいっ……なんか……私……》

あれはどういう意味だったのか。

我を忘れて迫ったことを恥じたのか。

それとも、期待には応《こた》えられないという意味か？

わからぬままにパソコンとにらめっこをしていると、後ろから栗原が声をかけてきた。

「なんね。珍しくどんよりして。顔が梅雨空だね」

ケラケラと笑われた。

「まあいろいろありまして」

「あんたでも悩むことなんかあるの？」

言われてムッとした。

「ありますよ、もちろん」

「そうなの。そうは見えんけどねえ。いや、変な意味で言ってるんじゃないよ。このホテル自体がどんよりしてたのに、あんた来てから明るくなったもんだからさ」

栗原はあっけらかんと言って、また笑う。

「そうなんすかね」

言われてみれば、東京のホテルよりものんびりしてるし、ぎすぎすしてないからいつも笑っていたような気がする。

東京で働いていたときは、心の底から笑ったことなど一度もなかったような気がする。

そんな会話をしているときだ。

玲子が通りかかったので、ドキッとした。

彼女はこちらをちらりと見てから、なんだかいたたまれないという感じで、目をそらして去っていってしまった。

昨夜の二〇三号室での一件から、玲子とはまだ話せていなかった。

（うまくいかないもんだな、ホント……）

二〇三号室に入室する前も、玲子とはいい雰囲気だったのだ。

それがすべてリセットされてしまった。どんよりするのも当然だった。

「なんね、玲子ちゃんとケンカでもしたんかね」

栗原がイヒヒと笑って、目を細める。

「いや、まあ……」

「あんたのこと、意識してるみたいやねえ。まあ恋多き女だから仕方ないか」

「へ？　恋多き女って？」

きょとんとすると、栗原はわざとらしくきょろきょろしてから声をひそめた。

「意外と依存するタイプだからね、あの子は男に。前に言ったでしょ。『仕事と私、どっちを取るの？』って言ったって。あのね、これは誰にも言わんで欲しいんだけど、結構あの子、遊んでた時期があったのよ。だから、いまだ独身」

くらっとした。

今まで抱いていたイメージが、ガラガラと音を立てて崩れていく。

人生というのは、うまくできているなあと思った。

美味しい思いを立て続けにすると、それとバランスを取るように、うまくいかないことが起こる。

思いも寄らぬ人から好意を寄せられても、本命は腕の中からすり抜けてしまう。

清楚で可憐な女の子でも、一皮剝けばＳＭ好きだったし、夫の浮気に憤怒した貞操観念の強い人妻も、寝取られ願望を持っていた。可愛いらしくて遊んでいそうなギャルは意外に純情だったし……。

だから真面目そうな玲子にも違う一面があって当然だった。

色情霊は、そんな女性の本性をさらしてくれるのだろうか。

いや、さすがにそこまで都合よくはないか……。

4

どんよりした気持ちのまま、駿平は夜十時半に館内の見廻りを終えて、あがろうとしていた。

一階の奥にあるスタッフルームに向かうため、二階の非常階段を降りようとしたときだ。

廊下を拭き掃除している人が目についた。

しゃがんで水拭きをしているのは、三角巾を頭にかぶり、ゴム手袋とブルーの清掃用制服を身につけた女性である。

(あれ？　美枝子さんだ)

駿平は首をかしげた。

というのも、美枝子は子どもがいるから、夕方には勤務を終えるシフトなのである。

こんな時間まで仕事をしているなんて珍しかった。

（それにしても、いつ見ても美人だよなあ……）

中学生の子どもがいる四十二歳は、優しげな雰囲気をまといつつも、人妻の熟れた色気を醸し出している。

三角巾で結ったストレートの黒髪は艶々していて、少しタレ目がちの双眸が特徴的な顔立ちは掛け値なしに美人である。

動きやすいようにゆったりしたデザインの地味な清掃用の制服ですら、その豊満なボディを隠しきれない。

美枝子は地元の人妻ということだが、こんな美人がどうして寂《さび》れたビジネスホテルで、しかもルームメイクや掃除といった地味な裏方仕事をしているのかと気になっていた。

お疲れ様です、と挨拶しようと近づいたときだ。

しゃがんでいる美枝子を、上から見下ろす形になったのだ。

（お、おっぱいの谷間がっ……！）

美枝子の制服の胸元のボタンが外れ、白い胸の谷間部分が完全に見えている。

柔らかそうな熟女おっぱいが、美枝子の動きに合わせてプルンプルンと揺れている。

（ああ、美枝子さんっ、ムチムチすぎだよ……）

前から思っていたが美枝子はかなりの巨乳だ。

おそらく今まで出会った女性の中でも、一番であろう。

地味な制服の胸元が悩ましく重たげに揺れる様は、いつも男の従業員たちの視線を釘付けにしている。

美枝子が雑巾がけをしている手を伸ばした。

すると、もっと胸元が大きく見えてしまう。

豊かな乳房の上部が完全に覗けたときに、駿平はハッと気づいた。

（あ、あれ？　……まさかノーブラ？　いや、そんなわけないよな。ハーフカップのブラジャーかな？）

と、そのときだ。

美枝子が見あげてきて、恥ずかしそうにしながらも口角をあげる。

（やばっ……またスケベな目で見ちゃった）

と思うのだが、このホテルで無防備な女性を目撃する機会が多すぎるのは、やはり色情霊が放つ淫気と関係しているのだろうか。

「ウフフ。また見てたでしょう?」

美枝子にずばり言われた。

彼女はしかし怒るでもなく、立ちあがって、とろんとした目で見つめてくる。

媚《こ》びるような表情が色っぽくてたまらない。

「ねえ、松木くん。ちょっと相談があるの。お時間もらえないかしら」

言われて、すぐに頷いた。

(そ、相談? 何だろう)

美枝子はちらりと非常階段の方を見た。

「人がいないところがいいの。私、鍵を持ってきたから……」

美枝子が手にしているのは、例のリラクゼーションルームの鍵である。そこは淫気がたまっている場所だ。

自然と身体が火照る。

(そ、そこは……大丈夫かな……)

愛花とのことが思い出される。

玲子のことも頭をよぎるが、別に彼女とは何かを約束したわけでもないし、ましてや昨夜に拒絶されたことが尾を引いていて、もうどうにでもなれ、という気持ちになっていた。

美枝子に導かれるまま一階に降り、リラクゼーションルームに入っていく。

ブルーの制服とグレーのスカートと三角巾を身につけた、いつものスタイルなのに、こうしてふたりきりになると、その格好が妙にエロく見えてしまう。

美枝子が三角巾を外すと、とめていた黒髪がさあっと下ろされ、色っぽさに拍車がかかる。

しかも顔を振ったときに、美枝子の豊かな乳房のふくらみも大きく揺れた。

「ウフフ。ブラ、着けてないわよ。この前言ったでしょ。うれしい？」

「えっ！　や、やっぱりノーブラ……」

思わず口にすると、美枝子はいっそう淫靡な笑みを浮かべた。

「やっぱりわかってたのね。ウフフ。ねえ、うれしかったのよ。この前……こんなおばさんのスカートの中を覗いて興奮してくれて……夫を亡くしてから、そんな気持ちになったことなかったのに」

「旦那さん？　……あの……美枝子さんって」

「三年前に病気で夫を亡くしてるの。今は息子とふたりだけ。未亡人ってやつよね」

そうだったのか、と駿平は納得した。そのせいか。

どこか翳《かげ》があるような気がしていたのは、
彼女は寂しそうに目を伏せて言う。

「夫がいなくなって……精神的にも、その……肉体的にも寂しかったの……でもまだ、夫がずっと心の中にいるっていうか、もやもやして、そんなときにあなたみたいな若い子が私に興味を持ってくれて……。それだけでうれしくてね……だから……」

「……み、美枝子さんは、すごく魅力的ですよ」

本音を言ったつもりだった。

美枝子は照れたような表情をした。

「ウフフ。ありがとう」

「自信を持ってください。たまりませんよ、美枝子さんがノーパンノーブラでお掃除してるなんて……想像するだけで興奮しちゃいますから」

そこまで話して、美枝子は目のまわりを赤らめて駿平を見た。

「ノーパン……そうよね、ブラだけじゃなくて……下着をつけないで、お仕事するって約束だったわよね」

そう言うと、美枝子はおもむろにスカートの中に手を入れる。

（えっ？）

何をするのかと思っていたら、美枝子はそのまくるりと振り返って背中を向けた。

「私のお尻……そんなにキレイじゃないと思うけど」

美枝子が消え入るような声で言いつつ、スカートの中に入れた両手をもぞもぞとさせる。

スカートを上までたくしあげると、ベージュのパンティに包まれた肥大化した尻たぼが露わになった。

（い、今、ここでパンティを脱ぐつもりなのか？）

まさか、と思っていた。

だが彼女は恥ずかしそうにしながらも履いていたサンダルを脱いで、パンティの両サイドを指でつまんだ。

だが、さすがに人前でパンティを脱ぐ決心がつかないようで、その格好で少し逡巡していたが、やがて中腰になり、パンティを丸めながらズリ下ろしていく。

（ホ、ホントに脱いだっ！）

駿平の鼻息が荒くなる。

ゆっくりと美熟女の真っ白い桃のようなヒップが露わになっていく様は、震えるほどエロティックだった。

深々とした尻割れも、肉づきのよい肥大化した尻たぼも、隠しようもなく駿平の目の前にさらされていく。

（うわっ、お尻が、お、大きい……っ）

地味な制服姿の美熟女が、恥ずかしそうにパンティを下ろすシーンは衝撃的だった。

美枝子はパンティから片方ずつ爪先を抜くと、そのまま制服のポケットに下着をしまい込んでから、こちらを向いた。

「……これでいいわよね」

目の縁を赤く腫らした美枝子が脚を震わせている。

ノーパンノーブラでいつもの制服を身につけているだけのアラフォー美熟女に、駿平は身震いするほど興奮した。

「み、見せてくださいっ。もっと近くで……」

思わず気が急いてしまった。

「み、見るって」

「美枝子さんの裸ですっ。スカートをめくって……」

下品な要求をすると、熟女はわずかに顔を曇らせた。

だが彼女も欲情しきっているのだ。はにかんで、

「い、いいけど……」

とだけ言って、くるりと再び背を向ける。

しばし、うつむき加減で逡巡してから、美枝子は両手でゆっくりとスカートをたくしあげていく。

そしてスカートが腰まであがると、真っ白いヒップが現れた。

駿平は目を剥いて美枝子の尻を眺めた。

（で、デカいっ……こんな大きなお尻は初めて……）

近づいてからしゃがみ込んで、顔を近づけてみる。

尻の丸みが目を見張るほどだった。

四十二歳の美熟女のヒップはむちむちと張りつめて、深い尻割れから悩ましいほど獣じみた匂いを漂わせてくる。

おそるおそる撫でまわすと、

「あんっ……」

美枝子は恥じらい、身をよじらせる。

柔らかくも弾力ある尻肌の感触に駿平は酔いしれた。

たまらず生身のヒップに頬ずりしてしまうほど、熟女の巨尻に魅入られてしまう。

なめらかな尻肌に感嘆しつつ、さらに桃割れに鼻先をつければ、生臭いような匂いが立ちのぼる。

興奮しつつ、美枝子の尻たぼをつかんで左右に広げて見ると、セピア色のアヌスの下のピンクのスリットが、きらきらと照り輝いていた。

「美枝子さん……もう濡れて……」

「やっ、松木くん……やだっ、そんな近くでおばさんのを見ないで」

美熟女は巨尻を振り立てて、いやいやする。

魅惑のヒップが眼前で揺れるのも扇情的だが、まだどこも触れていないのに、秘唇に温かな潤みがじんわりと漏れているなんて、エロすぎる。

男に間近でヒップを観察され、未亡人の肉体に妖しい火がともっていったのだろう。じんわりと熱気を帯び、肉溝から蜜をしたたらせているおまんこから、蒸れた膣臭を漂わせているのがたまらない。

駿平はガマンできなくなって、自分のズボンとパンツを下ろす。

すでに肉茎は青筋を浮かべてそり返り、鈴口から透明な汁を噴きこぼしていた。

「た、たまりませんよ……こんなエッチなお尻……」

昴ぶりを握りしめる。

右手が勝手に陰茎をつかんで上下にこすっていた。カウパー液がとくとくと染み出して駿平の右手を濡らしていく。

「いやんっ……松木くん、エッチね……おばさんをこんな恥ずかしい格好にさせるなんて……ねえ……お尻、おっきいでしょ？　ジーンズなんか穿けないのよ。だらしないお尻を、そんなにジロジロ眺めないで」

恥じらうたびに、美枝子のヒップが目の前で妖しくくねる。

震いつきたくなるほどの丸みとボリュームに、駿平は肉竿を握る手にいっそうの力を込めた。

（くうう……このお尻、最高だ）

ガマンできず、背後から美枝子の肢体を抱きしめつつ、豊満なヒップに肉棒をこすりつけてやる。

「あんっ……えっ……も、もう？」

美枝子が熱い肉棒の感触を受けて狼狽《うろた》えている。

「ガマンできないんです」

ギュッと折れんばかりに抱きしめると、濃厚な熟女のフェロモンが艶髪から匂い立つ。

「あ……あンッ、ねえ……あ、焦らないで……だめっ……私も、もう欲しくなっちゃうから……」

四十路《よそじ》の未亡人はハァと吐息を漏らし、肩越しに振り返った。

（ああ……美枝子さんの顔が……）

駿平は思わず息を呑む。

彼女が欲情を孕んだ目つきをして、欲しがっているのが丸わかりだったからだ。熟れて開発されきった身体は、ずっと男を求めていたのだろう。

「ねえ……私の中にまだ……あの人がいるの。それを……あなたに、夫の思い出を消して欲しくて……だから……欲しいの」

彼女は新しい一歩を踏み出そうとしている。

四十二歳はまだまだ女盛りだ。

しかも美枝子はこれほどまでに美しいのだから、新しい人生を、新しい恋をまだ十分に経験できるはずだった。

（僕は、その手助けをしてあげたい……）

彼女を抱く、十分な理由だと思う。

「い、いいんですね」

訊くと、彼女ははにかんで、静かに頷いた。

駿平は背後から抱きしめつつ、前にまわした手で美枝子の制服の胸のボタンを外していく。

すべてのボタンを外して前を開けば、ぶるんっ、と、うなるように白いおっぱいが現れた。

（うわっ、おっぱい、やっぱデカいな）

わずかに垂れてはいるが、それでもまだ若々しい張りがあった。背後から首を伸ばして覗けば乳首は小豆色で、乳輪がかなり巨大でいやらしい。

「美枝子さんのおっぱい、大きくてエッチなんですね」

耳元でささやくと美枝子は、

「あんっ……恥ずかしいわ。乳輪も大きいし垂れてるから……」

背後から鷲づかみにして揉みしだけば、恥じらっていた美枝子は、すぐに吐息を漏らして身体を震わせる。

「あんっ……そんなっ……ああんっ」

ねちっこくふくらみに指を食い込ませていくと、熟女の吐息はますます色っぽくなる。

甘美な刺激がよかったのか、指の隙間からむくむくっと小豆色の尖りが押し出されてくる。

「美枝子さん……ち、乳首が、もうこんなに硬くなって……」

耳元でささやきながら、指で先端をキュッとつまめば、

「んんッ！」

艶めかしいよがり声が漏れて、美枝子は前屈みになって施術用のベッドにすがりついた。

すると、スカート越しのヒップが突き出されてくる。

駿平はスカートをめくりあげ、熟女の丸みを帯びたヒップに、ぴたん、ぴたん

と勃起を何度も叩きつけた。

「ああン……だめぇ……そんな風に焦らすなんて」

熟女が肩越しに、物欲しそうな顔を見せてきた。

タレ目がちで柔和な表情はもうとろとろにとろけて、うつろな目が宙をさまよっている。相当に興奮しているのだろう。地味な制服を着た美熟女が、こんな表情をしていたら宿泊客に襲われるんじゃないかと思うくらいに扇情的だ。

（くうう……匂いもエロいな）

美枝子の全身が上気して、汗ばんでいる。その匂いに、獣じみた生臭い匂いがブレンドされて、嗅ぐとチンポが硬くなる。

駿平も同じだ。

全身が汗ばんで、シャツの腋の下が濡れていた。

（こんなに興奮するなんて……）

四十二歳の美熟女の抱き心地が、想像以上だったのは間違いない。

（たまんないよ）

駿平は夢中になって、指を差し入れた。

「あんっ！」

急に美枝子が顎をせりあげ、震えだした。駿平の指が美枝子の股をくぐり、濡れそぼるスリットをまさぐったからだった。

（おおっ、熱い……）

美枝子のワレ目は想像以上にぬかるんでいた。太ももにまで愛液がしたたるほどだ。

「ああんっ……早く……もう……もう……」

熟女は両手でベッドの端をつかんだまま巨尻を突き出してくる。ガマンも限界らしい。

こちらももうたまらんと、バックから湿った肉溝に切っ先を当てる。

「あっ……ああ……ああんっ、入ってくるっ、久しぶりに……ああんっ、男の人のモノが……」

美枝子が早くも歓喜の声をあげる。

ぬるぬるした狭間を亀頭部で上下になぞるだけで、美枝子のヒップはさらに妖しくくねって、いっそう尻に丸みを帯びていく。

「すごい欲しがってますね。ほら、こんなにぐちょぐちょだ」

「あん、お願い……エッチなこと言わないで。ホントに久しぶりなのよ、私……あっ！　あああっ！」

硬くなったペニスの先端で小さな穴を広げていくと、美枝子は背中をのけぞらせて大きく喘いだ。

「待ってっ……あっ……だ、だめっ……あっ……はあああッ」

お尻を突き出したまま、美枝子は切ない喘ぎをこぼして全身を震わせる。

下垂《かすい》したおっぱいがぶるぶると揺れるほど、熟女は全身を戦慄《わなな》かせて久しぶりの挿入を味わっているようだった。

「美枝子さん、ああっ、ぬるぬるして……気持ちいい」

軽く力を入れただけで先端が美枝子の秘裂を開き、ぬぷぷぷ、と、ねばっこい音を立てて嵌まっていく。

「お、おおきっ……ああん、いやっ……」

美枝子は身体を強張らせる。

根元近くまで美枝子の体内に突き入れると、猛烈な気持ちよさが襲ってきた。

四十二歳の未亡人が、まるで少女のように震えて膣を閉じようと締めつけてくる。

「ううっ……す、すごい。美枝子さんのおまんこ、気持ちいいっ」

駿平も思わず声をあげた。

それほどまでに熟女の体内はあったかくて心地よく、ペニスを圧迫する強さもちょうどいい具合だ。

（これは、や、やばいっ）

その気持ちよさに翻弄されてしまい、駿平は夢中になってピストンをはじめていた。

「んんっ……ああ……いきなり、そんなっ……」

バックから激しくストロークされて、美枝子は困惑した声をあげる。

さらに打ち込むと、

「あっ……あっ……あぅぅ……」

美枝子が大きく顎を跳ねあげ、ビクンビクンと痙攣しはじめた。

ぐちゅ、ぐちゅ……ぱんっ、ぱんっ……。

夜中のホテルの、使用していないリラクゼーションルームで、肉の打擲音《ちょうちゃくおん》を響かせながら激しく腰をぶつけていく。

「あんっ……ああん……だめっ……そんな奥までっ」

美熟女が差し迫った声をあげている。

どんな表情かと、バックから突き入れながら顔を覗けば、美枝子はつらそうに眉をハの字にして、今にも泣き出しそうな表情をしていた。

「美枝子さんの感じてる顔、たまらないですっ」

「あんっ……み、見ないでっ……あんっ……だって、久しぶりだし、あなたのがすごく奥まできてるから気持ちよくなっちゃうの……ああんッ」

感じてくれているならばと、駿平は美枝子の細腰をつかみ、さらにぐいぐいと抜き差しする。

突けば突くほど熟女の蜜壺の肉襞の締まりが増して、ねばっこい蜜があふれてくる。

「はあああ！　ああんっ。だめっ……はうううんっ」

美枝子の声が、いっそう艶めかしいものに変わっていく。

それと同時に膣が分身を搾ってくる。

（くうう、たまんない）

もっと突いた。

怒濤《どとう》の連打をしこたま浴びせていくと、

「あううんっ……だめっ……だめっ……イッちゃうから……そんなにしたら、イッチャうからッ」

立ちバックで犯された格好で、美枝子がガクッ、ガクッと震えた。

「あんっ……だめっ、ああんっ……いやっ……イクッ……イクから……」

泣き顔で美枝子が訴えてくる。

こちらもすでに限界だった。

「くうう……だめです……僕もガマンできないっ」

駿平はハアハアと息を荒らげつつ、いったんペニスを引き抜いた。

「あんっ、いいのよ……おばさんの……おばさんの中に出しても……」

「えっ？」

駿平が聞き返す。

美枝子は肩越しに、うっすらと笑みを浮かべて、

「私の年齢だと、もうできにくいから……いいのよ。久しぶりに、男の人のあれを感じたいの」

その台詞を聞いて、心もチンポも決壊した。

「わ、わかりました」

愛液にまみれた怒張をもう一度挿入し、今度は躊躇なくしつこく連打する。

「あんっ、いいわ、ちょうだい……男の子の、ちょうだいっ」

美枝子が甘えた声を出す。

「ああ……僕……イキますっ……あっ……あああ……」

駿平は情けない声を漏らし、どくっ、どくっ、と注ぎ込んだ。

（ああ……出してる……美枝子さんの中に……）

意識が奪われていくようだった。

脚にも手にも力が入らなくなり、立ちバックで震えながら、駿平は未亡人に中出しした。

「あんっ……いっぱい……熱いのが……イ、イクッ……ああ……」

美枝子がビクン、ビクンと痙攣した。

アクメした媚肉がギュウウッと搾り取るように締めつけてくる。

最後の一滴までバックから注ぎ入れて、やがてぐったりした美枝子を抱きしめるのだった。

5

駿平は息を弾ませつつ、射精したばかりのペニスを美枝子から引き抜いた。

とたんに美枝子の膣穴から、どろっとした粘着質の白い体液が太ももを伝って垂れこぼれていく。

（ああ、ホントに美枝子さんの中に出したんだ……）

自分の精子が女の股から流れたのを見て、駿平は異様な興奮を覚えた。

できにくい年齢とはいえ、美しい未亡人に中出ししたという事実は、出し終えてもまだ気分が高揚するくらいである。

駿平と同じように喘いでいた美枝子は、汗ばんだ顔をこちらに向けてきた。

美枝子は太ももに流れる精液を気にしてか、スカートを直して太ももをよじらせながら微笑んだ。

「気持ちよかったかしら……たくさん出したのね」

ウフフと笑う美枝子が、とても優しく眩しく見える。

「出しちゃって。ごめんなさい」

「いいのよ。私も欲しかったから。久しぶりに男の人の熱いのを浴びて、恥ずかしいけど、達したみたいなの」

美枝子は耳まで赤くして、目を伏せた。

ブルーの清掃用の制服のはだけた胸元に、玉のような汗が濡れ光っている。

スカートから伸びる脚の内側を流れる白いザーメンが、靴下にまで達しそうだ。

「あんっ……床にこぼれちゃう。お願い、ちょっと向こうを向いてて……」

「あ、はい」

駿平は慌てて背を向ける。

美枝子がハンカチを取り出しているのがちらりと見えたから、おそらくそれで股や太ももの精液を拭っているのだろう。

（ああ、美枝子さんを自分のものに……）

中出しの至福と高揚は、二十代の男には十分な刺激だった。

だから信じられないことに、出したばかりのペニスにまた力が漲《みなぎ》っていく。

「いいわよ。こっちを向いて」

背後から言われて、くるりと向き直る。

美枝子の視線が駿平の股間をとらえたのがわかった。

（やばっ）

慌てて両手で勃起を隠すも遅かった。

「今、出したばかりなのに、一度だけじゃ収まらないの？」

美枝子が目を丸くして言う。

「その……いつもひとりでするとと、気持ちが萎《しぼ》むんですけど、美枝子さんの……股から流れるのを見ちゃったら興奮しちゃって」

まずいな、と思った。

今までも宿泊客との逢瀬《おうせ》はあったが、どこかで歯止めをかけていた気がする。

だが、美枝子に対しては遠慮がなくなっている。

玲子とうまくいきそうになくて、どこか自暴自棄になっている気がしないでもない。

（いや、もういいんだ……玲子さんのことは……）

美枝子の表情を見ると、彼女はわずかに切なそうな顔をしてからまた、色っぽく見返してきた。

「まだ大きいままじゃ困るわよね。今度は私にもさせて……」

美枝子は駿平の足元にしゃがみこみ、すっと駿平の両手をどかしてから、精液や愛液まみれの亀頭に指をからめてくる。

「んっ」

しなやかな指が肉竿に触れて、駿平はわずかに腰を引いた。

「汚れているのを、キレイにしてあげるわね」

美枝子は見あげて微笑むと、躊躇なく汚れたペニスに顔を近づけていく。

紅い唇が大きく開かれ、ぬめった先端が頬張られた。

「ぐっ！」

悶え声が駿平の口から漏れる。

一度咥《くわ》えてから、美枝子はまた勃起を口からちゅるんと離した。

「若い子の精液ってこんな味なのね……それに匂いもすごいわ……ウフフ、私、この匂い好きなの……」

妖艶な笑みを浮かべた美枝子は目を閉じて、鼻先で駿平の亀頭の匂いをくんくんと嗅いでいる。

(精液まみれのチンポの匂いなんて……ああ、そうか……この人は匂いフェチなんだな)

先日も二〇三号室で駿平の首すじや腋窩の匂いを嗅いだ美枝子が、うっとりしていたのを覚えている。

恥ずかしくて照れている間にも、美枝子は切っ先を咥え込み、唇をすぼめて舌をからめながら尿道に残っていた精液の残滓《ざんし》を吸いあげてきた。

「くううう！」

吸われるのは、初めての経験だった。

バキュームフェラの衝撃に、駿平は目を白黒させていると、さらに美枝子はしゃぶりながら舌先でちろちろと尿道口を刺激してくる。

「み、美枝子さん……ああ、こんなフェラ、初めてされて……すごい」

あまりの気持ちよさに、立っていられないほど意識が薄れてきて、目を開けられなくなっていた。

「んふっ、すぐにもう一回、出せそうね」

勃起を口から離して、美枝子が含み笑いを漏らす。

そうして美枝子は、残滓の舐め取りフェラをやめて、本格的なおしゃぶりに移行した。

唾をあふれさせて、ジュプ、ジュプと音を立て、激しく顔を前後に振りながらも、舌でアイスキャンディーのように舐めあげてくる。

「くっ……ああ……」

たまらなくなり、美枝子の後頭部を持って強く突き入れてしまう。

頬が亀頭の形を見せるほどふくらみ、美枝子は涙目で形のよい眉を曇らせながら、

「ううむ、うふぅ……」

と、苦しげに呻《うめ》いた。

「うわっ。ご、ごめんなさいっ……気持ちよすぎて、つい腰を入れちゃって……」

言い訳すると、わずかに美枝子は目尻を下げて「大丈夫よ」とでも言うように、頷いた。

「ウフフ。ちょっとSっぽいところもあるのね」

勃起を口から離した美枝子がほくそ笑む。

性癖を知られて、恥ずかしさが増していく。そんな駿平のたぎったモノを美枝子はまた咥えていく。

「くうう、気持ちいい……」

四十二歳、未亡人の魅惑のフェラチオに、駿平は驚くばかりだった。

黒髪を振り立てながら根元までを口に入れ、勃起の表皮を唇でこすって刺激を送ってくる。いかにも経験豊富な仕草だ。たまらなかった。

下を見れば清掃用のブルーの制服の胸元が開いていて、美枝子が動くたびに巨大な乳房がぶるん、ぶるん、と揺れている。

正座のような姿勢をしているので、そろえた踵の上に乗ったヒップが物欲しそうにじりじりと揺れているのも見える。

そんなエロい仕草をされては、もうだめだった。

「ああ、もう出そう……美枝子さん……続けてもう一度……入れたいんです。だめですか？」

必死に哀願する。

すると未亡人はニコッと笑い、勃起を口から引き抜いた。

口腔と切っ先が唾液の糸でつながっている。そんな唾まみれの肉棒をつかみつつ、美枝子を施術ベッドに押し倒して今度は正常位で貫いた。

「ああんっ、二度目なのに……こんなに大きいなんてっ……いっぱいに広げられて……私、もう……ああっ！」

熟女のヨガリ顔を見ながらの体位だ。

興奮しきって、さらに奥まで突き入れると、

「そ、そんな奥まで……んぅぅ、はぁぁ！」

歓喜の声をあげた美枝子が、脚を開いたまま身悶える。

みっちりと肉棒が埋まり、少し動いただけで先端が子宮口にこすれて、ジンとした疼きが足先まで染み入ってくる。

快美だった。本能のまま腰を振った。

「あっ、ダメッ……ン」

激しいストロークに美枝子の大きな乳房が弾み、汗が飛び散る。

「すごい、美枝子さんの中、気持ちいい……」

「あンッ……うれしいわ。そんなこと言われたら……恥ずかしいのにっ……ああんっ、ああ、あああッ」

ズンズンと打ちつけるたびに、熟女の子宮がキュンキュンと熱く疼いているような感覚が伝わってくる。

美枝子もかなり感じているようだった。

眉をハの字にした切なげな表情で、甘い声をひっきりなしに漏らし、挿入したペニスを膣口で強く搾ってくる。

「くうう。美枝子さんっ、そんなにおまんこ締めたら……くぅぅ」

「あんっ、そんなことしてないわ……だって、ああっ、松木くんのが大きいのよ。た、たまらないわ、ああんっ……」

夢中になって美枝子の唇を貪《むさぼ》ると、すぐに舌を激しくからめる深い接吻《せっぷん》に変わっていき、さらに劣情が深まっていく。

「あんっ……だめっ、ああんっ……いやっ……またイキそうっ……」

キスをほどいた美枝子が、泣き顔で訴えてくる。

しとどにあふれた蜜が、肉棒の出し入れで、ぐじゅ、ぐじゅ、といやらしい音を立てている。

ふたりとも汗まみれでとろけ合い、お互いを抱きしめて見つめ合う。

「ああ……こっちも、出ますっ……中に、美枝子さんの中に……」

「いいわ……いいのよっ……ああんっ、おばさんの奥に松木くんのをいっぱいちょうだいっ……もっとたくさん注いでちょうだいっ」

何度聞いても震えるようなエロい台詞だった。

「く、ああ……僕……イキますっ……あっ……ああ……」

駿平は再び、どくっ、どくっ、と注ぎ込んだ。

二度目なのに気持ちよすぎて、意識が真っ白に弾け飛んでいく。

「あんっ……またいっぱい……熱いのが……ああっ、いっぱい注がれて……私もイクッぅぅ、んうっ」

美枝子はまた絶頂に達したのか、何度も、ビクン、ビクンと痙攣した。二度目の痙攣はさっきよりも大きくて長く、どうやら二度目の方が感じたらしい。

長い射精が終わり、汗まみれの駿平は美枝子から身を起こした。

「美枝子さん、ごめんなさい……汚しちゃった。お掃除手伝います」

「……バカね。そんなこといいのよ。それよりも……玲子ちゃんをちゃんと受け止めてあげてね。私にこんなこと言う資格なんてないけど」

いきなり美枝子から玲子の名が出て、駿平は息が止まるほど驚いた。

「えっ……？　か、上条さん……？」

「そうよ。私、玲子ちゃんと仲がいいから知ってるのよ。玲子ちゃんからよくあなたの話を聞くの。すぐにピンと来たわよ。意識してるんだなって」

「ぼ、僕ですか？　ど、どうして……」

「珍しいのよ、玲子ちゃんが男性を意識してる素振《そぶ》りを見せるの。あの子、少し荒れてた時期があったんだけど……本当は真面目な子よ。男にだまされて……」

訊き返すと、美枝子がバツの悪そうな顔をする。

「……あんまり言っちゃいけなかったわね。でもあの子、自分のことはあまり話さないし誤解されやすいから……私から言うわね。相手は元々東京から来た人よ。二股かけられてて、彼女が問いつめると東京に戻っていっちゃって。ひどいわよねえ」

そこまで言って美枝子はため息をついた。

「それで玲子ちゃん、荒れた時期があって……ここは言わなくてもいいわよね」

駿平はハッとなった。

恋多き女性、男に依存する……。

すべては噂で間違いだ。ここの従業員たちが憶測で言っただけだった。

玲子からも聞いていたが、彼女はそこまで詳しく言わず、

《私よりも仕事を取って東京に行っちゃって》

そんなことしか言わなかったから、誤解したままだったのだ。

「そう……だったんだ……」

駿平は後悔した。

「え？」

すると、美枝子が母性あふれた微笑みで頭を撫でてくれた。

「彼女はつらい思いをしたの。支えてあげて」

と言ったそのあとに、

「私もお礼を言うわね。女を思い出させてくれて」

今度は妖艶な笑みを見せられて、危うく三度目の勃起をしてしまうところだった。

第五章　クールで可愛い女上司

1

本格的に梅雨入りとなり、今日も朝から細かな雨が降り続いている。

「ビニ傘、用意しておきましたよ」

フロントの岩倉が、エントランスから戻ってきた。

「しっかし、なんかもったいないっすねえ。客に全部あげちゃうんでしょう、ビニール傘」

岩倉がせこいことを言う。

駿平は笑った。

「まあでも一本五百円だぜ。一日せいぜい十本もいかないし。それに『借りたお客様へ。返しても返さなくてもいいですよ』って言うと、客はちょっと申し訳なさを感じて、次にまたここを選んで泊まってくれるんだよ」

岩倉が「へえ」と感心する。

(まあ受け売りなんだけど)

とある料理店のやり方を模倣《もほう》しただけなのだが、客からは好評で梅雨の間はこのサービスを続けていくらしい。

「しかし、さすがっすね。女性客向けのプランも好評で予約も増えたし。まあ例の運気があがるって噂もあるんだろうけど、松木さんのおかげっす」

ストレートに言われて駿平は照れた。

「何もしてないよ、別に」

「いやあ、そんなことないっしょ。あの上条さんが褒めるぐらいなんすから。さすが東京から来た人は違うっす」

「上条さんねえ……」

噂をしていると、彼女が通りかかった。

いつもどおりの隙のないグレーのタイトなジャケットに、同色のミニスカート、首元にはブルーのスカーフを巻いている。胸元のふくらみやミニスカから伸びる美脚はいつもどおりセクシーだ。

なのに、先日の二〇三号室での一件以来、関係はぎこちないままだ。

以前のように親しく話しかけてこなくなったのだ。

「岩倉くん」

玲子は岩倉を呼びながらも、こちらをチラリと見て、すぐに厳しい顔になる。

「昨日のお客様、大丈夫だった？」

声をひそめて岩倉に訊く。

「ええ、特にあれからは……気難しい人でしたけど、一回クレームが入ったあとはおとなしいもんで」

「ふーん。まあ気をつけて見ていてね」

玲子は再びこちらを見て、何かを言いたそうにしていたが、すぐにまた踵を返してエレベーターホールの方へと去っていく。

（玲子さん……）

先日の色仕掛けを後悔しているのだろうか。

それとも、あまりにエロい目で見ていたから、愛想を尽かしたのかもしれない。

「まだケンカが続いているのかい」

栗原がやってきて、イヒヒと笑う。

どうやらフロントでの玲子の様子を見ていたらしい。

「えっ⁉ ウソ。松木さんと上条さん、そういう仲なんすかっ」

岩倉が色めき立った。

「そ、そんなわけないよ。栗原さん、変なこと言わないでくださいよ。それに玲子さんのこと、恋多き女とか勝手に決めつけて……」

「でも、あの子にそういう時期があったのは、間違いないでしょ」

栗原は悪びれずに言う。

「なんすか。上条さんって、なんかあったんすか……」

「あんたはいいの。それより、どうなのよ、最近。幽霊好きのあんたなら、このホテルの運気、何か感じないの？」

「運気じゃなくて、淫気です。とはいっても、最近はもう前みたいな妙な感じは全然しなくなったけど」

オカルト好きの岩倉が、神妙な顔つきで言う。

「おまえにわかるんかよ」

おどけて訊くと、岩倉はムッとした。

「それくらいはわかりますよ。前はもっと気が乱れてたっていうか……」

おそらく愛花の受け売りなのだろう。

だけど、同じようなことは駿平も感じていて、淫気がなくなったのか、なんなのか知らないが、以前のようなエロハプニングが起きなくなったので、ちょっとがっかりしていたのだ。

そんな話をしていると、宿泊客がフロントにやってくるのが見えたので、駿平も岩倉も居住《いず》まいを正す。

（ん？　この人……）

駿平は少し緊張した。

フロントに来たのは、先ほど玲子と岩倉が話していた客だったからだ。

水原《みずはら》と名乗った男は六十五歳。いかにも気難しそうな顔をしているが身なりはよくて、会社役員をしているらしい。

何度かここを利用している常連客で、昨晩は「いつものシャンプーと違うじゃないか」と内線でどなり散らしてきたらしい。

「水原様。何かございましたでしょうか」

丁寧に応対すると、水原は目を細めた。

「ちょっと話があるんやけどね」

駿平が「え？」という顔をすると、水原が爆発した。

「なんやね、その顔は。さっきな、ルームサービスで頼んだドリアだけどな、アレルギー体質やって、甲殻類《こうかく》は入れんといてって何度も言ったのに、エビが入ってたんや。見てみい」

水原が腕をまくると発疹《ほっしん》があった。

「それは、その……どういった経緯で……」

駿平が訊ねると、水原はフロントの机を叩いた。

「なんね。まずは頭を下げんのが先ちゃうんかっ！　私はな、このアレルギーで命を落としかけたこともあるんやぞ。訴えてもいいんか」

たちまちフロントに緊張が走った。

見事なまでのクレーマー客だ。

駿平は息を整える。

「お客様。まずはお客様のお話を正確に把握しませんと、見当違いのお答えをするわけにもいきませんので」

こういう場合、簡単に謝ったらだめだ。

謝るにしても、情況を正確に把握した上で「○○については、こちらの落ち度でした」と部分的に謝罪しないと、つけこまれてしまう。

それにだ。

水原の言うようなやり取りが、注文時に本当にあったとしたら、正統なクレームになる。

「なるほどなあ、謝罪はしたくないと。おたくら、ずいぶん舐めた商売をしてくれるんやね」

水原がすごんできた。

駿平は気持ちを落ち着けて、なるべく冷静に返答する。

「とんでもございません。お客様を舐めているなんて」

「じゃあ、なんで命に関わるようなミスをしても謝らんの？」

「いえ、もちろん経緯を把握した際には、きちんとお詫びをさせていただきます」

「詫びるだけかいな。こっちは命を落としかけたんやで。まあええ。そのへんの補償はあの美人のマネージャーさんと一緒に話そうやないか。立ち話もなんやから」

こいつ、玲子のことを知っているのか。

まいったなと思った。

ひとりで片づけられるなら、そうしたいと思っていたのだ。あまり大げさにしたくない。

（しかし、困ったなあ。もしアレルギーのやりとりがホントだったら、ただじゃすまないぞ）

確かにアレルギーは命にかかわる問題だ。

東京のホテルで受けていたクレームは理不尽なものが多かったが、もし水原の主張が正しかったら、こっちはわりと深刻な話だ。

2

ホテルのこぢんまりした貸し会議室に、水原とその奥さん、そして駿平と玲子と栗原が集まった。栗原は水原のオーダーを受けたということだ。

支配人の森は不在である。

といっても、いたところで玲子が喋ることになるのだから同じようなものだが。

小さな机をどかして、水原の正面に玲子が座り、その隣に奥さんと駿平が対峙《たいじ》した。

水原はパイプ椅子に深く腰かけて、腕組みをしてふんぞり返っている。

しかし、その目が玲子のミニスカから伸びた脚やスカートの中に注がれているのが気になった。

六十五歳でも現役のような肌つやである。

「これよ、これ」

奥さんが診断書を出した。

アレルギーの診断書である。

だが、見れば命に別状があるような重度のものではなく、ちょっと痒《かゆ》くなる程度らしい。

（なんだ、そういうことか……）

とはいえ、

「軽い症状じゃないですか」

などと、指摘できる立場でもない。

向こうの出方をうかがっていると、奥さんは診断書を指でトントンと叩きながら、口角泡《あわ》を飛ばす。

「さっき、ルームサービスを頼むときに言ったのよ。アレルギーがあるから、甲殻類は抜いてくれって」

　玲子は頷かずに栗原を見た。

　こういう場合はまだ下手《へた》に頷けない。

「栗原さん。本当なの？」

「え？　いや、私はそんなことは承《うけたまわ》ってないと思いますけど……」

　栗原は真っ赤な顔をして小声で言う。

　いつもの威勢のいいおばちゃんの姿はどこにもない。

「言ったわよ、間違いなく」

　奥さんが身を乗り出すと、栗原は縮こまった。

　注文を受けたのが栗原というのは、本当にタイミングが悪かった。いや、別に彼女を責めるつもりはないのだが、強く責められると弱いタイプなのだ。

「電話したときに、甲殻類は絶対にダメって言ったわよね」

「いや、その……」

　案の定だ。

　彼女は不安げな顔をして、今にも「言われたかも」と言い出しそうである。

「あの……ですが、一応ドリアをご覧になれば、入ってるか入ってないか、おわかりに……」

駿平が言うも、

「わからなかったのよ。殻も外してあったし、見えないように入っていたから」

奥さんが気色ばむ。

駿平はちょっと訝《いぶか》しんでいる。

というのも、そもそもなんで甲殻類がダメなくせに、シーフードドリアなんか頼んだのか。意味がわからない。

わからないが、アレルギーの件を聞かなかったという証拠もなかった。

ここからは言った言わないの話である。

長引きそうだなと思っていると、

「わかりました。こちらの落ち度のようです。ルームサービスの件では、お客様を危険な目に遭わせてしまいました。今後は二度とこのようなことがないよう、さらなる従業員の管理を徹底いたしますので」

玲子が丁寧に言って頭を下げる。意外だと思ったが玲子が頭を下げたのだ、駿平も栗原もそれに倣《なら》った。

「……そんだけかね」

　水原が冷たい声で言った。

「は？」

　駿平は顔をあげてふたりを見る。

「だからあ、謝罪だけじゃ納得できんわけよ」

　水原が煽ってきた。

「あの、それではどのように……」

　玲子が質問すると、

「そんなの、そっちが考えることやろが」

　水原が鼻の穴を広げた。

（やっぱりクレーマーだな……やりとりが慣れている……）

　脅迫と取られないよう、具体的な金額を口にしないのがプロだ。

　だがこのふたりの高圧的な態度には、

《十分な誠意を見せるまで、いつまでも居座《いすわ》るぞ》

　というねちっこさが垣間見《かいまみ》える。

「あの、差し支えなければ、今回の宿泊料は……」

「そんなの当然やろ」

玲子が言いきる前に、水原が口を挟んだ。

「こっちは命の危険があったんやで、金払えはおこがましいわ。それよりも形で見えるものにせな」

「慰謝料等は、弊社ではご用意できません」

玲子がぴしゃりと言った。

「ほう。あんたは、うちが慰謝料を請求したと」

「そうは申しておりませんが、こちらで考えろとおっしゃいましたので」

「あのさあ、簡単やないの。他のサービスとかあるでしょ。無料の宿泊券を一か月分とか」

痺れをきらしたのか、具体的な要求を口にした。

駿平は呆れた。

金銭でなければ、いいというんだろうか。これでも立派な恐喝である。

「それはちょっと。ウチは赤字ギリギリで経営しておりますので」

玲子が返すと、水原と奥さんは鼻で笑った。

「そんなわけないやろ。チェーン展開してるビジネスホテルやのに」

「いえ、弊社は各ホテル毎に独立採算ですので。水原様、いかがでしょうか？　ここは割引クーポン等では……それでどうぞ今後も利用していただけるなら誠心誠意サービスさせていただきます」

玲子が頑《かたく》なに断るのもわかる。

赤字ギリギリは間違いないし、無料の宿泊券は本社を通すことになるからだ。その点、クーポンなら本社の承認を得なくてもいい。

「あかんなあ。だったらもう一晩考えてくれ。今日も宿泊するでな。無料なんやろ？　こっちはな、殺されかかったのを穏便《おんびん》にすまそうというんやで」

水原と奥さんが苛立《いらだ》たしげに立ちあがる。

駿平はまいったな、という思いを顔に出してしまった。

「なんね。ウチはまっとうなことを言ってるだけやで」

水原に迫られて駿平は慌てて頭を下げる。

貸し会議室を出て、老夫婦ふたりが見えなくなると、三人同時にため息をついた。

「あれがクレーマーってやつなんやねえ」

栗原が人ごとのように言う。もう怒る気力もないから、玲子に向いた。

「どうしましょうか？」

玲子は不敵に笑った。

「ウチの落ち度があったのは、そうかもしれない。だけど常識を超えた要求には毅然《きぜん》と対応する。そうでしょ？　あなたが東京でやってきたことは」

やはり玲子はこういうときに頼りになると思った。

3

だが、意外なことに次の日から話が大きくなってきた。

水原の奥さんが、SNSで尾ひれをつけて発信し、それをタブロイド誌の記者が拡散させたのだ。

おかげで朝からひっきりなしに、お叱《しか》りの電話やメールが届く。

軽い炎上状態だ。

「ありゃ絶対に記者とグルですよ。手回しがよすぎますもん」

電話を切ってから、岩倉が憤慨《ふんがい》した。

「ああ、常習だろうな」

おそらく記者とクレーマーで、いろんな企業にプレッシャーをかけているのだろう。

だが効果はてきめんだった。

本社にも連絡が入ったらしく、支配人の森をはじめ玲子や栗原にもなんらかの処分が下るようだ。

「あの美人のマネージャーはどこやね」

水原が笑みを浮かべて、フロントにやってきた。

とたんに空気がピンと張りつめる。岩倉は今にも嚙みつきそうな顔をしていたので、背中をさすってやった。

「お話しされても、きっと平行線です」

ムカついたので言ってやった。弱みを見せたくない。

だが水原は昨日とは違って余裕綽々《しゃくしゃく》だ。

「じゃあ、見つけたら私の部屋に来るように言うてくれ」

でっぷりとした腹をさすりながら、水原が去っていく。もう強欲の塊《かたまり》に見えてきて、げんなりした。

「調子に乗ってますねえ」

岩倉が舌を出した。

「しゃーない。弱みを見せちゃったところもあるしな。栗原さんは落ちこんでるんだろう」

心配で尋ねてみると、岩倉は首をかしげた。

「いつも通り、普通にしてますけどね」

呆れたというか、ここまでくるとむしろ頼もしいとさえ思えてくる。

そんなとき、従業員の女の子が血相変えて走ってきた。

「松木さん。本社から電話です。緊急だからすぐに出てくれって」

駿平は岩倉と顔を見合わせる。緊張が走る。岩倉にフロントをまかせてスタッフルームに早足で駆けつけた。

受話器の外れた電話があって、出てみると、本社の営業部長だった。東京にいたときに何度か会ったことがある。

「他に誰もいないか？」

営業部長は電話の向こうで声をひそめた。

「いませんけど……」

「おまえ、東京に戻るつもりはあるか？」

「は？」

いきなりのことで頭が追いつかなかった。

「あの……どういう……」

「今回の件、話は聞いてる。一応グループとしては示談に持ち込む方針だ」

「え……いや、そんな。相手はプロのクレーマーです。言った言わないの話で証拠はありませんが、毅然とした態度でいればきっと……」

「そんな悠長《ゆうちょう》なことは言ってられん。支配人の森とマネージャーの上条は降格か退任。グループとしては謝罪。お客様には本社からお詫びにあがる。もしかするとそのホテル自体を一旦クローズするかもしれん」

「ええっ⁉　ちょっと待ってください。そんな大事《おおごと》にしなくても」

「そのホテルは元々赤字だったんだから、いいんだよ。一旦閉めてから考える」

訴えても、営業部長はあっさりしたものだ。

取りつく島もなかった。

「でも……客は増えているはずです。女性客だけど……」

「もう決まったことだ。で、そこがクローズになったら戻ってきていいんだぞ」

電話が切れた。

（マジで？　なくなる……このホテルが……）

なんの特長もないホテルだが、駿平もそれなりに愛着が湧いてきている。

それに……。

もちろん気になるのは玲子のことだった。

ホテルがなくなって「じゃあ一緒に東京に」なんて気軽に誘うことはできないだろう。彼女はこのホテルを気に入っているのだから。

（まいったな……）

とにかく水原にこれ以上話を大きくさせないことが先決だった。

水原の要求を呑んだ方がいいのだろうか。

いや、そんなことはできない。

駿平は元々、穏便にすませようとしたホテル側に反発して、クレーマー客に毅然とした態度を取ったから飛ばされたのだ。その姿勢だけは貫きたい。

フロントに戻ると岩倉がムッとした顔をしていた。

「上条さんがいたんで、水原の部屋に行くように伝えておきました」

もう客のことを呼び捨てである。

「うん、わかった。それよりも顔に出てるぞ、不機嫌さが」

駿平が注意すると、岩倉はムッとしたままラウンジを指差した。

「そりゃ顔にも出ますよ、水原の奥さん、こっちから見えるところで、ほら。のんびりしてるんですから」

言われてラウンジを見る。

確かに水原の奥さんがいて誰かと談笑していた。

(まったく……厚顔無恥《こうがんむち》というか……ん？)

駿平は目を細める。

奥さんと話している相手が、見覚えのある男だったのだ。だが、どこの誰かまでは思い出せない。

「岩倉。あれさ、奥さんの前に座ってる相手って知ってるか？」

向こうを見ながら、こっそり岩倉に尋ねた。

「さあ……でも仲間じゃないですか？　記者か、それとも他のクレーマーか」

それを聞いて「あっ！」と思い出した。

話している相手は、東京のホテルにいたときに、サービスが悪いと訴えてきた客だったのだ。

「あの男、東京のホテルにいたクレーマーだぞ」

「ええっ？」

岩倉が小さく驚いた。

「なんでそんなのがここにいるんです？」

駿平は岩倉と、また顔を見合わせた。

「……まさかプロのクレーマー集団？」

「そうだよな。僕もそう思う。ちょっとここを頼む」

駿平はこっそりとラウンジに近づいた。

何気なく柱の陰まで行くと、会話が聞こえてきた。

「で、水原さんが、ここのマネージャーの女を気に入ったと」

「まあ顔のいい女やけどな。でも、身体を要求するとか、そういう追いつめ方は足元すくわれるからやめろと言うたんやけど……」

物騒な話だ。そこでハッとした。

（玲子さんを部屋に呼んだのは、まさか玲子さんの身体が目的……）

一気に話がきな臭くなってきた。

「あの、すみません、お客様。今の話……」

柱の陰から出て、ラウンジにいるふたりの前に駿平が姿を現すと、男は一瞬目を細めてから「やばい」という顔をした。

「こんなところで会うなんて奇遇ですね、伊藤《いとう》さんだったかな。僕は東京のホテルから、こっちに異動になったんですよ」

伊藤は立ち去ろうとしたため、駿平は岩倉を呼んだ。

岩倉に「あの男を絶対に逃がすな。警察呼ばれてもいいから」とだけ告げて、駿平はフロントからスペアのカードキーを取って水原の部屋に向かう。

(大丈夫かな、玲子さんなら)

おそらく玲子であれば、交換条件として肉体を求められても、突っぱねるはずだ。だが水原が逆上して襲いかかる……ということも考えられなくもない。

二階の水原の部屋の前まで行き、耳をドアに近づけてみる。

物音はしなかった。

「すみません、玲子さんっ」

ドンドンとドアを叩いても返事はない。

もしこちらの思い違いだったら大変なことになるが、そんなことを考えている暇もなく、スペアのカードキーでドアを開けて中に入る。

「えっ……？」

駿平は目を疑った。

ベッドに胸元を両手で隠した玲子がいた。その脇にパンティが脱がされて置いてあった。

言葉が出てこなかった。

ガーンと殴られたような衝撃で、何も考えられなくなる。

「こ、これはな……この女からや、この女からお詫びだと言って……」

水原がパンツを穿きながら慌てて言う。

でっぷりとした腹を見て、駿平はカッとなった。

「ウソつけ！　伊藤とかいう男も知ってるぞ。クレーマー集団だなっ」

伊藤の名を出すと、水原は見事なまでに狼狽えた。

「知らんぞ、そんな男。私は出かけるっ……そこをどけっ」

水原が慌てて出ていこうとする。

「ま、待てっ」

頭に血がのぼりきっていた。

玲子が無理矢理犯された……その事実が、普段はおとなしいはずの駿平の心に火をつけていた。

「このっ……！」

気がつけば、夢中で水原に殴りかかっていた。

4

「よかったわよ、キミの腕っぷしが弱くて」

玲子とふたりでスタッフルームにある安ソファに並んで座り、駿平の傷口の手当てをしながら彼女は笑った。

結局のところ、理性を失って殴りかかっても、ケンカなんか今までしたことないので、六十五歳の水原にカウンターパンチをもらって倒れてしまったのだ。

だがそれが功を奏した。

水原たちは傷害や恐喝で警察を呼ばれたのだが、

「向こうから襲いかかってきた。正当防衛だ」

と主張しても、二十六歳の男が六十五歳に返り討ちに遭うとはまったく信じてもらえず、そのまま連行されていったのだ。

おそらく無罪を主張するだろうが、プロのクレーマー集団とバレた今は、記者たちもだんまりで、炎上もすぐに鎮火した。

本社も特に言及してこなかったから、もうこの件には触れないでおこうという気構えらしい。

「あたた……」

駿平は顔をしかめて、切れた唇を指で押さえた。

「ちょっと。ちゃんと薬を塗らないと痕が残るわよ」

玲子が年上らしく、ぴしゃりと言う。

「それにしても、あんなことするなんてねえ」

救急箱に蓋《ふた》をしながら、玲子がまたクスクス笑う。

「ホテルマン失格ですよね」

「まあね。でもうれしかったかも……」

「なんであんなことしたんですか？　抵抗すればよかったのに」

問うと、玲子は目を伏せた。

「このホテルのこととかいろいろ考えたら、まあ私の身体ぐらいならいいかなって思ってね。私なんて別にキレイな身体じゃないしねえ」

玲子がさばさばと言った。

ちなみに踏み込んだ時点では未遂だったので、間一髪《かんいっぱつ》というところだった。

「そんなこと言わないでください」

真っ直ぐに見つめた。

玲子も見つめ返してくる。

「そんなこと言わないでください。好きなんですから」

「うん、知ってる」

玲子があっさり返事をした。

「でもね、私……自分の気持ちがよくわからないのよ」

「それは……」

先日の二〇三号室のことだと思った。

「実はね、あなたが異動してきて以来、なぜか、その……変な気持ちになっていたのよね。夜なんか特に……」

そこまで言って、玲子は目を伏せて耳まで真っ赤になった。

「は？」

とんでもないことを言われて、駿平は呆気にとられた。

やはり例の淫気は玲子にも効いていたらしい。

しかも駿平がこのホテルに来て以来、ずっとだったとは。

「だからそれを隠すためにあなたに冷たい態度を……」

「は、はあ」
衝撃的な告白だった。
単純に考えれば、ずっと玲子の淫気があがりっぱなしだったということだ。
（よくガマンできたなあ）
ぽかんとしていると、ソファの隣に座る玲子が距離をつめてきた。
（ってことは、両想いってことでいいのかな）
細かいことはもういいや、と思った。
駿平は気持ちを込めて、玲子を見た。
玲子ももうわかっているといった雰囲気だ。
お互いが息のかかる距離にある。
「……うぅんっ……」
どちらからともなく唇を重ねる。
すぐに舌をからめ合う激しいキスになり、玲子をこの手に抱きしめた。
（ああ……ついに玲子さんと……）
夢見心地だった。
とろけるような玲子とのディープキスで、甘い呼気と唾液を受けつつ、こちらの欲情も伝わるように、さらに激しく舌をからめていく。

「ううんっ……んんっ……」

玲子が苦悶の声を漏らしたので、駿平は慌てて唇を離した。

お互いが息を荒らげつつ、視線をからめる。

「鍵、かかってますよね、今……」

駿平の言葉に、玲子は目を伏せて小さく頷く。

（いいんだ。勤務時間中だけど、玲子さんも欲しくてたまらないんだ）

ソファに押し倒す。

玲子の頬が赤く上気している。タイトスカートがめくれ、白い太ももが露わになっている。

好きだ。

手に入れたい。

その気持ちのままに、ジャケットを脱がせて白いブラウスの上から、大きなふくらみをねちっこくモミモミする。

「ぁああ……」

玲子が眉根を寄せた顔で訴えてくる。ずっと欲しかったという顔だ。駿平はハアハアと息を荒らげ、ブラウスのボタンを外していく。

「あっ、ま、待って……いきなりすぎっ……あぁん……！」

そんな声が聞こえても、どうにもならなかった。

ブラジャーは黒だった。そのままブラカップを強引にめくって、おっぱいの上端に引っかける。

（おお、これが玲子さんの……生乳っ！）

三十五歳の美人マネージャーの乳房は、神々しいほどの美乳だった。

乳首がピンクで透き通り、ツンと上を向いている。

興奮しつつ形がひしゃげるほどに揉むと、マシュマロをつかんだように指が沈み込んでいった。

「んぅっ……やだっ……はぁん……」

早くも玲子が、甘ったるい声を出してきた。

想像していたよりも、可愛らしい甲高《かんだか》い声だった。

もっと聞きたいと、彼女の乳首にむしゃぶりつけば、

「あァンッ」

彼女の声はさらに可愛いものに変わっていく。

舐めるたび、ビク、ビクッと小刻みに痙攣している。

その色っぽい反応を眺めつつ、下乳から脇腹、そして剃られた腋窩《えきか》へと熱い舌を這わせていく。

「ああんっ、だめっ……んぅぅぅっ」

だめと言いつつも、下腹部が物欲しそうにせりあがっている。

もう一刻もガマンできなくなって、駿平はタイトスカートからすらりと伸びた太ももをゆっくりと撫で、そのまま指先をスカートの奥へと差し入れ、布地に触れた。

(なんだこれ、すごい……)

玲子のあそこはムンとした熱気を帯びていて、布地の上からでも湿り気がわかるほど、しっとりしていた。

「もうこんなに熱くなって……」

煽りつつ、駿平はパンティのサイドに手をかけて、するすると剝き下ろしていく。

「あんっ……余計なことは言わなくていいからっ」

整った顔立ちの美人が、拗《す》ねたような表情をするのが可愛らしくてしょうがなかった。

もっと恥ずかしがらせようと、駿平は玲子の膝を左右に開かせる。

「あっ！　ちょっと……」

玲子が焦った顔をするも、こちらは涼しい顔で無視しつつ、暴れる脚を押さえつけて、いよいよおまんこをじっくり見た。

ピンクのスリットが粘り気のある体液でべとべとになっている。

もっと中まで見たいと片手で両脚を開かせたまま、もう片方の指でVサインをつくって濡れた恥裂を左右に広げてみる。

花園の奥は鮮やかな紅色だ。まるで少女のように美しかった。

「やめてっ……じっと見ないで……」

狼狽える玲子を尻目に、駿平は舌先をすぼめて亀裂を舐めあげた。

それだけで玲子は、

「はぁぁん！」

と、よがり声をあげて背中を弓なりにしならせる。

（ああ、僕が玲子さんを感じさせているなんて……）

こんな関係になれるとは思わなかった。

一目惚れをしたけど、相手は厳しい女上司。それに麗しくてスタイルもよくて、自分には高嶺《たかね》の花だと思っていた。

だけど……。

本当かどうかよくわからない色情霊も手伝ってくれて、想いを成就《じょうじゅ》することができたのだ。

（このホテルに来てよかった……）

しみじみ思いつつ、丹念に玲子のワレ目を舐め尽くす。

「ああ……あああ……」

何度も舌を上下に這わせていくと、玲子はきれぎれの喘ぎを漏らして、内ももの筋肉をヒクヒクと小刻みに震わせはじめた。

さらに乳房をいじりながら、クリトリスを舌でなぶれば、

「もう、もう……ああんっ」

いよいよ彼女は切羽つまったような表情を見せてきた。

目の下はねっとり赤らんで、女の情感をムンムンと発散させている。

（くううう……い、色っぽいな……）

彼女は欲しがっている。

間違いなかった。

駿平は制服のズボンとパンツを下ろし、ソファに横たわる玲子のとば口に硬くなった屹立の先を挿入した。

「あああああっ！」

ぬぷりと奥まで貫かれた玲子が顎をせりあげた。ムンムンと色気を発散する美しい肢体が小刻みに震えている。

「ああ、入ってますっ……玲子さん……」

歓喜に声を震わせると、玲子はうっすら微笑みを浮かべて小さく頷いてくれた。

（ああ……ひとつに……ひとつになれたんだ）

たまらなかった。

玲子の中の熟した温かさと心地よさに至福を感じる。

駿平は猛然と腰をグイグイと押しつけて、陰毛と陰毛がからみ合うぐらい深く貫いていく。

「あぁっ、ふ、深いっ。深いわッ……！」

玲子はもうこらえきれないとばかりに、大きく喘いで背中をそらす。

目の前で美しいバストが揺れ弾む。その尖った乳首を舌であやしながら、いよいよ駿平は、無我夢中で腰を動かした。

「ああんっ、いやっ……」

ずちゅ、ずちゅ、と淫らな肉ズレ音が大きくなる。

彼女の愛液の音だ。

玲子は恥じらい顔を横にそむけるも、何度も激しく腰を振れば、ついには玲子から浅ましく腰をこちらにぶつけてきた。

「うっ！　ああっ、玲子さん……」

グラマーな肉体を抱きしめながら、駿平も腰をぐりぐりとまわした。

奥まで深々とえぐり、切っ先を子宮に届かせる。

すると、ふたりの腰の動きが呼応して密着感が強くなる。

「やんっ、私……私……おかしくなるぅ、おかしくなっちゃうぅぅ。だめっ、見ないで、こんな私を見ないでっ、ああん」

見ないでと言われると、もっと見たくなるものだ。

連続で突き入れつつ、じっと玲子の表情を覗き込む。

玲子は恥ずかしそうに「ううう……」と嗚咽《おえつ》を漏らしていやいやするも、もう切羽つまってどうしようもない様子だった。

「いやっ、見ないでっ、イッ、イッちゃう。ダメッ、そんなにしたら、私、ああああッ……久しぶりなのに……だめっ……」

すがるような目で見つめられた。

こちらももう限界だ。

玲子が相手では余裕なんてまるでなく、ただただ本能的に腰を動かしているだけで、あっという間に射精したくなってしまった。

「れ、玲子さんっ、そのまま……僕も……」

「お願いっ、そのまちょうだい」

ハアハアと息を荒らげながら、玲子がねだってきた。

「えっ……で、でも……」

「いいの、お願いっ」

哀願されると、だめだとはどうしても言えなかった。

(玲子さんなら、いい……責任だってとるから……)

そんな真摯な気持ちで突き入れると、相好《そうごう》を崩していた玲子が泣きそうな表情になって、

「あっ！」

と、短く叫んだ。

次の瞬間……。

「イッ、イクッ……」

玲子は生臭い女の声でヨガり、ビクンッ、ビクンッ、と何度も痙攣した。

もう離さないとばかりに膣が締まって、一気に尿道が熱くなった。

「あ、で、出ますっ……！」

そう感じた瞬間には、もう精液が玲子の中に注がれていた。

「ああんっ、きてるわっ。あんッ……おなかが、熱いっ」

玲子は痙攣しながら、歓喜の声を高らかにあげる。こちらも気持ちよすぎて脳がスパークした。

「玲子さんっ……好きですッ」

彼女のたわわな乳房に顔を埋め、ギュッと抱きしめながら告白する。

最後の一滴まで放出した。

玲子が優しい笑みをこぼす。

「ホントにいいの？　私、十歳近くも年上でおばさんなのに……」

「三十五歳はおばさんじゃありませんよ。いいんです。付き合ってください」

すっと言えた。

玲子にキスをされ、熱く抱擁したのだが……。

5

石造りの露天風呂は、月明かりに照らされてムーディだった。

駿平は無色透明の湯に浸かりながら、月を見あげた。

（玲子さんと、混浴したかったな……）

結局、クレーマー集団は恐喝などの余罪が全国のいろいろな宿泊施設から寄せられ、起訴されることになった。

T山南急ホテルは存続できることになったが、駿平は本社の意向を無視して水原に殴りかかったので、また飛ばされることになってしまった。

次はここ。南《みなみ》伊豆《いず》の山奥の宿泊施設である。

昔、企業の保養所だったところを買いあげて改造した、アットホームなコテージタイプの施設である。

だから今はコテージの管理人みたいな生活で、給料は減ったが自由はきいた。

案外こっちの方が自分に合っているんじゃないかと思う。

温泉の湯でパチャパチャと顔を洗いつつ、明日の予定を考える。

従業員は三人だけだから大変だ。

このあと風呂を掃除し、明日の朝食の準備をしなければならない。

人手は足りないが、募集をかけても誰も応募してこないので、ほとほと困っている。

玲子がいてくれれば……なんて思うが、やはり優秀な彼女を田舎のコテージなんかに呼び寄せるわけにもいかない。

異動の辞令が出たとき……。

ホテルマンを辞めて別の働き口を探そうとも考えた。

玲子と一緒にいたかった。

だけど、やっぱりお客さんを世話するのが好きで、規模の大きくないコテージで仕事をするのは駿平にとって魅力的でもあったのだ。

「すぐに会えるわよ」

玲子はそう言ってくれたが、半年経ってもいまだ電話とメールのやりとりだけである。

お互い忙しいのだ。

(まあいいや。春になったら会えるし……)

まとまった休みが取れたら、玲子に会いに行くつもりだ。

そのときだった。

背後でガラガラッと引き戸が開く音がしたので振り向くと、髪を後ろで結わえ大きなタオルで前を隠した玲子が立っていた。

「えっ⁉ れ、玲子さん?」

驚いていると、彼女がクスッと笑った。

「ウフフ。いいところね、ここ」

「は、はあ……いや、でも……どうして?」

「松木の妻ですって言ったら、ここのおばさんが、今ちょうどお風呂に入ってるから一緒に入ったら? って言ってくれたの。いい人ね」

玲子は恥ずかしそうにしながら洗い場に行き、片膝をついてかけ湯をする。

(改めて見ても、すごい身体だな……)

桶からこぼれたお湯が、玲子のうなじから丸い肩や腰のくびれ、むっちりした白い太もも、まろやかな尻へと伝い落ちていく。

肌が濡れて玲子の身体がいっそう艶めいてきた。

(こんな美人でスタイルのいい人を、僕は抱いたんだな)

改めて照れてしまう。

それほどまでに玲子の均整《きんせい》の取れたボディは美しかった。

玲子は最後にさっと股間を洗ってから湯に入ってきた。タオルを外して身を寄せられると、それだけで勃起してしまう。

「あ、あの……どうしてここに……」

玲子が照れながら笑った。

「だって……ガマンできなくなったんだもの」

肩に顔を乗せてきた玲子に、湯の中で屹立をつかまれた。

「うっ……！」

「ウフフ。すごいわね。もうシタくなっちゃったの？」

玲子がシゴきながら尋ねてくる。

「それはもちろんっ」

「あ、でも……お風呂の中ではまずいわよね」

「大丈夫です。仕舞い湯でお湯を抜くつもりでしたから」

部屋までもちそうもなかった。湯の中で裸身を抱きしめる。

「ンン……ンフッ」

どちらからともなく唇を重ね、舌をからませ合う。

「んんうっ……ンン……んふっ」

甘い呼気や唇の柔らかい感触がたまらない。

その間にも、ずっと右手で勃起をシゴかれている。

「んふっ……ねえ……」

キスをほどいた玲子が湯の中で立ちあがる。

どうするのかと思っていると、駿平の肩に手を置いて大胆にも跨《また》がってきた。

(へ？　これって……なんだっけ、対面なんとか……)

湯の中で胡座《あぐら》をかいている駿平を跨いで、ゆっくりと腰を下ろしてくる。

「ウフフ……食べちゃうわね」

鈴口が熱い潤みを穿ったと思ったら、そのままぬるぬると嵌まり込んだ。

「ああっ……あああんっ、硬い！」

玲子が顎を跳ねあげ、湯の中でギュッとしがみついてくる。

「うおおっ、れ、玲子さんっ」

「ねえっ……ねえっ……いっぱいしてっ……私のこと好きにしていいからぁっ。いっぱい抱いてね、私のこと」

甘く媚びてくる玲子が可愛らしくて仕方がない。

（まだ淫気が続いてるんじゃないよな。これが玲子さんのホントの姿か……）

普段はクールでデキる女だけど、ふたりきりになると甘えてくるなんて最高じゃないか……。

駿平は無我夢中で玲子を下から突きあげる。

いったい今夜は何発できるんだろう。

想像もつかないぐらい、駿平は興奮しきっていた。

※この作品は双葉文庫のために書き下ろされたもので、完全なフィクションです。

双葉文庫

さ-46-06

地方《ちほう》のホテルがいやらしすぎて

2022年6月19日　第1刷発行

【著者】
桜井《さくらい》真琴《まこと》

【発行者】
箕浦克史
【発行所】
株式会社双葉社
〒162-8540 東京都新宿区東五軒町3番28号
［電話］03-5261-4818（営業部）　03-5261-4868（編集部）
www.futabasha.co.jp（双葉社の書籍・コミックが買えます）
【印刷所】
中央精版印刷株式会社
【製本所】
中央精版印刷株式会社

【フォーマット・デザイン】
日下潤一

ISBN978-4-575-52581-6 C0193
Printed in Japan

霧原一輝

蜜命係長と女スパイ

書き下ろし長編
企業秘蜜にカラダを張れエロス

リゾート開発プランがハニートラップによって盗まれた！ かくなる上はハニトラを逆トラップにかけるまで！ 刺客はどの美女だ？

霧原一輝

オジサマが好き♡

オリジナル長編
中年のモテ期エロス

「がっつかないところや舐め方が丁寧なのが好き！」体力的に止むに止まれぬスローセックスが逆に美点に！ あ～、オジサンでよかった！

草凪優

大学生からヤリ直し

書き下ろし長編
あのコとヤレた世界線エロス

頭の中は35歳のままで14年前の大学時代にタイムリープ！ 今度の人生こそ、憧れの存在だった夕希とヤリたい！ 性春ヤリ直しエロス。

桜井真琴

人妻温泉癒やしの宿

書き下ろし長編
柔肌エロス

訪れた温泉旅館でひょんな流れでマッサージ師として雇われることになった三輪宗介。下心たっぷりの施術で、美人妻たちを癒やしていく。

桜井真琴

地方の人妻がいやらしすぎて

書き下ろし長編
柔肌エロス

奸計に嵌まり地方の営業所に飛ばされてしまったエリート社員の遠野亮一は、地方の淫らな女性たちとの情事で身も心も癒やされていく。